ANDRÉ BUCHER

LE CABARET DES OISEAUX

roman

deuxième tirage

SABINE WESPIESER ÉDITEUR
11, RUE JEAN-DE-BEAUVAIS, PARIS V
2004

L'auteur a reçu une bourse de l'ARALD
(Agence Rhône-Alpes pour le livre et la documentation)
pour l'écriture de ce livre.

Cabaret des oiseaux : plante assez rare. Elle produit de nombreuses graines dont sont friands les merles et les corneilles.

Dans la vie, il ne faut compter que sur soi-même et encore, pas tellement.

Alphonse Allais

Et maintenant seul
Vaut mieux vif que mort
Ici-bas
La prison dans le dos
À payer le prix qu'il faut
Le cœur a pris froid.

Chanson au sortir de prison.

PROLOGUE

Je suis né en 1982. Je m'appelle Tristan : le petit soleil en raccourci de l'histoire, enfant perdu, arrêté, bientôt âgé de dix-neuf ans, il paraît – devenu adulte. Longtemps les gens ont pensé, ma tête à couper, que j'étais un peu simple ou alors juste, un peu mal garé, oui, à la suite d'un choc traumatique. Après la mort de ma mère Blanche, c'est comme si ma tête, voyant que c'était dur dans mon cœur, comme si cette tête avait voulu simplifier. Le destin, en douce, qui m'a rattrapé. J'ai fait un peu de prison : dix-huit mois fermes ! Il a tranché, le juge en robe noire, un vieux lion déplumé qui rugit, de son balcon. Sauf que j'ai gagné une remise de peine. Six mois, pour bonne conduite. J'ai grandi, même si mes pantalons s'obstinent à rester courts, et si je poursuis seul mes études après m'être séparé de l'école, je m'applique, bien que parfois les mots se mélangent. Maryse, ma mère seconde, après l'accident de mon père Alex est venue me voir en détention. Entrée dans la chambre à paroles et voulant me remercier, elle m'a offert un livre où habitent tout plein d'oiseaux.

Depuis quelques jours, un merle et une corneille, sans doute les cousins des miens, tournent autour des barreaux de ma cellule. Ils se cognent la tête contre la fenêtre donnant sur la cour. Ils ont l'air de bien se connaître. Je crois qu'ils aimeraient pénétrer dans le pénitencier, me donner des nouvelles du monde. Je préfère pas. Une fois enfermés, ils finiraient par se battre. Heureusement, j'ai fini ma peine, bientôt je sors. Je m'y vois déjà : la peine descend dans les souliers, le disque du soleil passe sur la rue en plein midi devant un photographe aux aguets, peut-être mon ami Germain, coucou ! le petit oiseau soleil en raccourci est de sortie. Maryse doit venir me prendre, elle me l'a promis.

Aussi, j'ai construit une cage à deux pièces à l'aide de trucs chapardés à l'atelier bois : de l'osier, quelques bouts de planche, un peu de colle, de la ficelle pour mes deux cousins. Je vais lui faire la surprise, à Maryse. Ça fera deux pensionnaires de plus au *Cabaret des Oiseaux*.

1

MES SOUVENIRS, LES VRAIS – pas ceux qu'on s'invente pour faire joli –, commencent vraiment un dimanche, l'après-midi de mes six ans. Je n'ai plus eu d'anniversaire fêté depuis.

À cette époque, j'étais un enfant secret. Je jouais dans les arbres. Je n'avais pas encore appris-apprivoisé le merle et sa corneille. On ne voyait guère d'oiseaux voler ni de voisins autour de notre première maison. C'était une petite ferme crépie à la chaux blanche, gardée par deux tilleuls dans la cour, au bout d'un chemin de mule courant le long d'un précipice. Il y faisait froid l'hiver. Très chaud l'été. Mon père Alex élevait des brebis, pour l'agneau. Il cultivait en plus du fourrage et de l'orge, un peu de blé, du seigle, de l'épeautre et des oignons. Quelquefois des pommes de terre. On avait une belle source. Nous n'étions pas riches mais ma mère Blanche savait tout faire et surtout faire avec rien. Elle chantait, ça je m'en souviens et aussi que mon père Alex ne buvait pas trop. De temps à autre, il se disputait avec Blanche, ma mère belle.

La première. Le facteur m'avait dit plus tard que les affaires marchaient mal.

Le village le plus proche se nichait dans une combe, à au moins six kilomètres. Après, c'était la vallée du Jabron et la petite ville de Sisteron. La ferme rêvait au bout du monde, avec les pierres, disaient de nous les gens d'en bas. Il existait un chemin en face, de l'autre côté. Il venait de la vallée de la Méouge, des montagnes, il allait jusqu'à Gap, dans les Hautes-Alpes.

Mon père venait de partir, avec le chien Milo, à la foire aux agnelles, à Saint-Vincent-sur-Jabron, juste avant Sisteron. Il avait pris sa bétaillère pour acheter et rapporter un bélier. Il ne reviendrait qu'à la tombée de la nuit.

C'était le printemps. Il accrochait à la forêt, comme des guirlandes, leurs feuilles aux saules et aux peupliers qui tremblaient.

Je jouais dans la cour. Au milieu, entre les deux tilleuls, mon père voulait planter le lendemain un bouleau blanc. Il disait que c'était important. Je ne comprenais pas pourquoi. En attendant, je roulais des pierres plates en rond autour d'un tronc recouvert de mousse qui nous servait de banc. Il n'était pas encore en terre que je le voyais déjà pousser, ce bouleau.

Et puis il a disparu. D'un coup. J'ai vu deux hommes s'approcher par le chemin qui vient en dessous. Celui qui mène à Gap. Ils regardaient partout. J'ai eu peur. J'ai couru me cacher dans l'un des tilleuls, le plus épais, le plus haut, le plus fort. Je les ai laissé passer.

Là, à l'instant où j'écris, c'est comme si je revenais treize ans en arrière, je les vois, je les vois marcher. Le plus grand a la manche de chemise retroussée, sur son bras droit vole une chouette. Pas une vraie. Une tatouée. Il tient un pistolet. Un vrai. Pas un jouet. L'autre traîne derrière, il est plus petit, il boite. Il a une tache de vin rouge sur le front. Ils ne viennent pas pour jouer. Je le sens à cause du silence qui a fait taire le vent. Ces deux-là ressemblent à des animaux échappés d'une cage. Ils vont sous le hangar, là où on gare la voiture et le tracteur. Ils font le tour de la maison, lorgnent par la fenêtre, celle de la cuisine où on peut voir jusque dans la salle à manger. Celui qui boite se retourne, l'air inquiet. Je me tasse encore plus dans les branches de mon arbre. Je m'arrête. Ça va m'arriver souvent, par la suite, dans ma vie. Lorsque je repars, ils sont entrés. Je compte les secondes à l'aide de mon cœur. Il bat jusque dans mon poignet. J'en suis à soixante quand j'entends crier. C'est la voix de Blanche. Ma mère. Une voix de quelqu'un à qui on fait du mal. Il faut que je descende, vite. Je cours vers la porte principale. Je les vois. Ils mangent, assis à la table de la cuisine. Ma mère Blanche se tient à côté d'eux, droite, blanche... comme une serveuse. Elle se frotte la joue. Je regarde, suis une statue, j'attends, je regarde. Ils sont debout, plus loin, dans la salle à manger. Juste après la cuisine. Ils poussent ma mère sur le canapé. J'ai envie de crier mais ma gorge est bouchée. Alors je me mets à frapper. Fort. De plus en plus fort à la porte. J'ouvre, entre et hurle. L'homme qui tient le revolver se retourne, il me vise. Ma mère Blanche sort des bras, des jambes de l'autre, couché sur le divan. Elle se lève, prend le fusil de chasse accroché au mur, juste au-dessus. L'autre, il dit :

– Fais gaffe, elle a un flingue !

Celui qui a le pistolet pivote, il tire sur ma mère. Elle tombe, renverse une chaise. Elle est morte, elle a reçu une balle dans la tête.

Je l'ai vue, ma mère, tomber. J'étais pire qu'une toupie à qui on enlève le ressort, arrêté, en panne.

Puis je redémarre, claque la porte et file me cacher à nouveau dans l'arbre. Les deux types se retrouvent sur les marches comme s'ils avaient traversé les murs. Ils me cherchent des yeux, passent sous le tilleul sans m'apercevoir. Puis ils courent, courent tels des fous, par l'autre chemin, celui qui va au village. Je transpire et claque des dents.

Je vais rester sur la branche jusqu'à la tombée de la nuit. Sans pouvoir pleurer ni même faire un geste ou penser. Jusqu'au bruit de la camionnette qui se range sous le hangar.

C'est mon père. Il pénètre dans notre maison. Voilà. À toi papa. Il pousse un cri de bête qu'on égorge. Sorti presque aussitôt, il m'appelle :

– Tristan ! Tristan !

Silence. Les branches se referment sur mon cou.

– Tristan ! Réponds-moi !

Il aurait dû penser au tilleul. Il sait que je vais souvent m'y réfugier.

Pourtant, il a regagné son camion, ouvert la portière et le chien s'est mis à aboyer à la mort. Une mauvaise lumière éclairait la cour. Une lueur de volcan couleur de soufre. Comme avant une éclipse. Mon père est parti, en une longue plainte, à ma recherche dans la montagne.

J'ai réussi à quitter mon arbre. Revenu dans cette maison blême, j'ai vu ma mère Blanche à terre, toute pâle, une tache rouge, rouge au milieu du front. Elle lui mangeait peu à peu le visage. Blanche avait les yeux ouverts, un air surpris par la douleur entrant-sortant dessous ses paupières. Je tremblais, un trou noir se creusait dans ma tête. Du corps de ma mère ne restait que cette éclaboussure, comme à la surface de l'eau d'un étang, au sortir d'un brouillard rouge. J'ai fermé ses yeux, sa main frémissait encore un peu. Je me suis redressé, ai entendu mon père arriver, me suis blotti derrière le canapé. Alex a essayé de réchauffer Blanche, de la faire revenir en l'embrassant, en lui caressant fort la poitrine, mais on ne ranime plus un corps dont on a replié les ailes des yeux. Son horloge s'était arrêtée. La mienne aussi, les aiguilles continuaient de trotter et je ne pouvais plus lire l'heure. Et celle de mon père ? Je ne sais, ou plutôt si, je sens qu'elle va se détraquer de plus en plus. Une chose est sûre : le bouleau, ce bouleau que nous voulions mettre en terre le lendemain... eh bien, il n'a jamais été planté.

Survient la nuit. Elle envahit tout. Les arbres, notre maison. Le plus dur reste à venir. Il nous faut organiser la mort, une fois qu'elle est au sol. Mon père qui téléphone, je l'écoute décrire ce qu'il n'a pas vu, ce qu'il ne sait comment expliquer. À cet instant où j'écris, je pense à lui. Il avait l'air de quelqu'un qui marche en dormant. Il devait beaucoup souffrir dans son sommeil.

Et puis, soudain, la mort organisée se relève. Des lumières rouges, jaunes, bleues et noires. Ce ne sont pas des lucioles ni des vers qui luisent, non, seulement des phares qui tournent, éclairent, illuminent la colline.

Notre maison maintenant : pleine de cris, fouillée, sens dessus dessous. Les gens qui vont, qui viennent, on dirait que la maison leur appartient. Des gendarmes muets, en uniforme, d'autres en civil, le médecin légiste qui répond aux questions, dévoile le mystère, lui c'est l'horloge parlante de la mort. Et puis les infirmes qui restent assis dans l'ambulance, moi qui ne dis rien. Ou seulement oui, quelquefois non, au chef policier, Vargas, de toute façon il sait déjà tout. Il nous apprend que les gendarmes recherchent deux détenus évadés de la prison de Gap. Des barrages sont posés sur les routes, aux alentours. Il me montre des photos, je réponds oui aux deux. M. Vargas devient nerveux, il ressemble à un chasseur qui se réjouit à l'avance du gibier qu'il va prendre. Il reviendra demain, nous devons encore parler. Je me demande bien de quoi. Mon père Alex et moi accompagnons ma mère des yeux, sur une civière, portée par deux blouses blanches jusqu'au fourgon du SAMU. Elle va à l'hôpital. L'horloge parlante va faire parler son corps car, pour ce qui est des mots et de la voix, elle veut plus rien dire.

« Quand est-ce qu'on pourra l'enterrer ? » a gémi mon père.

Pas de réponse. Ces gens ont l'air de fourmis à qui on aurait changé le programme de la journée. En les regardant faire, j'ai l'impression que le malheur, pour eux, c'est une chose ordinaire, que le malheur est leur métier. Voilà, le convoi s'avance, les phares – les feux follets de la mort – se remettent à briller. Les montagnes sont comme un grand troupeau couché. Aucune ne se lève pour voir le cortège qui s'ébranle. Personne ne salue. Ne reste plus que mon père, ennuyé par ses épaules, ses bras qui tombent, et moi, arrêté, au pied de l'arbre, égaré, devant la lampe jaune du perron tenant les ombres à distance, dans la cour.

2

Le jour suivant m'a surpris. Je pensais la nuit installée pour de bon. La vie continuait avec sa propre pendule, le temps comme balancier, une croix en face d'une date, en arrêt, cochée sur le calendrier. Le jour, pour moi, se levait lorsque les nuages gris et les noirs s'écartaient pour laisser poindre une aube blanche et le soir, alors que ce même jour se fatiguait, je voyais le soleil rouge qui, avant de s'en aller, faisait la roue en lançant au loin ses derniers clous brûlants contre le mur de notre ferme, entre les ramures des arbres. Après le repas de midi, je suis sorti sur l'aire, j'ai grimpé dans le second tilleul. Il soutenait de grosses branches s'étirant sur la longueur et, à la pointe, il avait été taillé pour être plus facile à récolter. C'était comme une fenêtre au sommet d'une tour, je montais le plus haut possible, puis j'interrogeais le ciel. Juste devant ma lucarne passait un énorme nuage gris assis sur ses pattes. Comme dans mon livre d'images, il ressemblait à un dragon avec des ailes et une queue de serpent. Il ne crachait pas de flammes, son feu paraissait étouffé, sans braise. La fumée lui sortait par les narines. Il devait être en colère. Peu à peu, il diminuait de taille. La fumée se dispersait, elle se déchirait dans les draps bleus du ciel que le vent secouait au-dessus de la vallée. J'ai entendu un bruit de moteur. Mon père accourait, le fusil à la main. J'ai levé la mienne sur mes yeux.

– Tristan ! Tristan, tu es là ?

Silence.

– Tristan ! Descends petit, viens, n'aie pas peur.

J'ai obéi et je l'ai rejoint.

Une belle voiture rouge se garait devant le banc couvert de mousse, entre les tilleuls. Un homme très grand, la barbe, un nœud papillon noué autour du cou et des yeux de dragon, est venu nous serrer les doigts.

– Bonjour. Vous êtes bien monsieur Alex Couturier.

– Lui-même, a répondu mon père, et voici mon fils, Tristan.

– Enchanté ! Il me fouillait déjà de son regard d'épervier.

Moi, je fixais son papillon d'un jour. Il ne devait plus voler depuis belle lurette. Il a repris :

– J'ai parlé à Mme Dunand, la directrice de son école. J'ai aussi rencontré M. Vargas qui mène l'enquête.

– À qui ai-je l'honneur ? questionnait mon père, sa voix claquait entre ses dents.

– Docteur Jourdain, psychiatre. Compte tenu du choc pour votre garçon et du drame qui vous frappe, je ne vous importunerai pas longtemps. Si je peux vous sembler utile en quoi que ce soit, si vous avez envie de parler, n'hésitez pas. Je n'oublie pas qu'il y a eu meurtre.

– Oui, je comprends, grondait mon père, l'ambulance, le médecin, les gendarmes, les policiers et voici le psychiatre et encore les policiers. Sûr, c'est la procédure, il ne manque plus que les journalistes, alors que je ne sais toujours pas quand je vais pouvoir enterrer ma femme.

M. Jourdain se tripotait la barbe, il dansait d'un pied sur l'autre et son papillon battait la mesure à son cou. J'ai demandé :

– C'est quoi un docteur psychiatre ?

– Quelqu'un à l'écoute des gens, de leurs problèmes et de leur esprit. Tu vois ce que je veux dire ?

– Oui, un peu.

Là, j'ai décidé – je savais que j'allais le voir souvent – de l'appeler le docteur de l'esprit. Il s'est tourné vers mon père qui s'éloignait.

– La directrice estime qu'il vaudrait mieux ne pas le laisser seul dans de telles circonstances.

– Il n'est pas seul, que je sache. Enfin, pas tout à fait.

– Oui, bien entendu. Je pensais : seul dans sa tête. Je partage le sentiment de Mme Dunand. L'école, les camarades, le mouvement, tout cela constitue encore le meilleur exutoire. Il ne faudrait pas le désocialiser.

Ces mots étaient difficiles. Je les ai retenus et, beaucoup plus tard, les ai cherchés dans le dictionnaire. Mon père a pris un air de « oui, vous avez sans doute raison, mais laissez-nous un peu de temps. Il reprendra ses cours après l'enterrement. Bon, vous m'excuserez, mais j'ai du travail ». Il allait s'enfuir. Le psychiatre restait immobile, sa main pendait dans le vide telle une aile brisée.

– Une dernière précision. Il serait préférable que je suive votre fils quelque temps. Vous pourriez venir avec lui, disons... tous les mois. Mon cabinet se trouve dans la grande rue à Sisteron. Il y aura une prise en charge de mes honoraires. Je vous donne ma carte de visite.

J'ai cru que mon père allait la jeter. Finalement, il l'a mise dans la poche arrière de son pantalon.

Le soir, le policier, M. Vargas, a téléphoné. Mon père m'a juste raconté que, malgré les barrages, les deux bandits couraient toujours.

Trois jours plus tard, le facteur nous apportait une lettre recommandée. Ils nous donnaient le permis d'inhumain, au cimetière du village le plus proche de notre ferme. Mais il n'y avait plus de place libre ; les vivants avaient déjà tous réservé la leur. On devait aller à Sisteron.

Nous nous sommes rendus, pour la première fois de notre vie, à la maison de prière, pour écouter la messe, juste avant l'enterrement. Mon père était presque soûl. Dans l'église, il s'est mis à chanter. Les paroles différaient de celles des autres gens qui, eux, en étaient à « Plus près de toi mon Dieu... ». Le curé s'est fâché du haut de son arbre sans feuilles. Il parlait de respect, de retenue à mon père Alex qui s'est énervé. Il m'a pris par le bras.

– Allez Tristan, viens, on sort de là. C'est pas un endroit pour nous.

Il a retourné son chapeau à l'envers sur sa tête chauve.

– Comme ça, on arrêtera peut-être de porter la guigne, il a crié.

Je ne voyais pas de quoi il s'agissait. Ou alors elle était dans son chapeau ? Et d'abord, c'était quoi la guigne ? Je me posais encore la question devant la porte. Comme il me voyait hésiter à le suivre, et toujours sans prononcer un mot, se sentant un peu coupable, il s'est fâché tout seul.

– Oh ! Et puis merde ! Fais ce que tu veux. Je m'en vais te dire une bonne chose, petit : ton père, c'est pas moi. C'est... tiens, mon cousin, ou alors le facteur, va savoir.

Il a éclaté d'un gros rire qui sentait le bouchon. J'ai eu mal au cœur. Les gens partaient. Il y en avait qui disaient qu'on vivait dans un monde à part.

Au cimetière, cela m'a étonné, beaucoup de curieux se pressaient devant les grilles et je ne connaissais pour ainsi dire personne. À la montagne, les enterrements ressemblent à des champs de foire, les animaux en moins. Mon père a refusé les cons et doléances ! Il a grogné, pendant que le cercueil glissait dans la fosse. Moi, je ne sais plus à quoi je pensais. Mais, plus tard, j'ai su que les gens étaient vexés, ils nous en voulaient de notre attitude. Je repense souvent à cette journée, aux paroles de mon père.

Ce n'est que vers mes dix ans que Germain, le vieux berger du col du Négron, il s'était renseigné, Germain m'a dit tout le contraire. Non, il ne s'agissait pas du facteur, encore moins du cousin.

– Petit, ta mère n'aimait que ton père et, crois-moi, elle avait du mérite.

À l'école, le maître des petits s'appelait Hubert Picq. Il était presque seul à s'occuper d'une vingtaine de filles et de garçons. Mme Dunand, la directrice, l'aidait pour les plus grands, elle donnait les cours de français. M. Picq était un peu court des jambes, quoique, en y repensant, il faisait un bon mètre soixante. Lorsque j'ai eu huit ans, j'ai cru que la hauteur de l'instituteur variait selon l'importance de son savoir. Même si je le prononçais comme les autres, ce n'était après tout que le « petit mètre » et c'est ainsi que je l'écrivais.

Dans cette école primaire, les plus âgés m'appelaient tête creuse, moi, je les surnommais les pieds plats. Pendant la récréation, les enfants jouaient, criaient, ils ne se préoccupaient guère de mon cas. Je parlais toujours aussi peu. Cela ne me gênait pas. Je les observais piailler, moineaux-pluie, poussins-nez rouge, leur tablier comme une bavette : petits moutons à l'abreuvoir ouvrant des bouches de traviole et, soudain, je fermais les yeux. Alors ils se changeaient en cerfs-volants que je tenais au bout de ma ficelle. Je la lâchais. D'un bond, ils quittaient la cour, emportés par le vent.

Mon père, comme prévu, me conduisait chez M. Jourdain, le docteur de l'esprit. Une fois, au lieu de poireauter dans la salle d'attente, il était parti faire un tour en ville. Une heure passée, c'était moi qui l'attendais dans la salle, à réfléchir. Il puait l'alcool mais je lui ai pardonné car, en sortant de sa poche une petite langue en fer, il m'a dit :

– Tiens, ça s'appelle une guimbarde. C'est pour toi.

Il me montrait comment m'y prendre. Je crois que j'en ai joué tous les jours avant qu'on change de maison et de paysage, en 1990. Au début, je parvenais juste à tirer un son ou deux, j'avais la bouche qui tremblotait. Puis j'ai pris le biais, comme disait mon père Alex. Il était difficile à vivre. Il me tapait, surtout quand il était ivre, il ne savait pas trop ce qu'il faisait. Lorsqu'il se montrait plus calme, à la belle saison, quand la brume apprenait à danser aux arbres, aux montagnes, il m'emmenait à la pêche. Je prenais ma guimbarde, la musette, lui se chargeait de la ligne, des vers et de l'épuisette. Le chien Milo venait avec nous. Il n'appréciait pas tellement ma compagnie. C'était un grand épouvantail noir, hérissé, à moitié briard et bien bâtard ensauvagé à force de battre la campagne, qui ne suivait que mon père. Ça lui suffisait. « Une porte qui ne vous aime pas n'a besoin de personne pour rester fermée. »

C'était valable pour les animaux comme pour les gens. À propos de porte, si j'y repense maintenant, le mercredi, à l'école, je me tenais derrière, j'écoutais les autres parler de moi. Selon l'avis des spécialistes : « Au bout d'un an, j'allais un peu mieux, je commençais à me remettre la tête en mouvement. » J'aurais pu ajouter : « Même si, coincé dans la serrure, le cœur n'en finissait pas de repeindre notre vieille maison tout en noir. » « Certes », poursuivait le docteur de l'esprit, en réunion avec le « petit mètre », la directrice et aussi le docteur des généralités, quelquefois M. Vargas, l'homme aux menottes, sans oublier mon père Alex ; « certes, je me construisais plutôt bien. Je n'étais pas au-dedans ou au-dehors de la réalité des choses de ce monde, non, j'étais un acrobate, sans balancier, retenu par un fil. La question restait de savoir si le fil qui me maintenait était solide ou bien fragile. »

Moi, je me voyais plus en insecte se débattant dans une toile d'araignée, mais je n'étais pas invité à en parler. M. Jourdain, docteur de l'esprit, allait terminer la discussion quand le « petit mètre » l'a interrompu :

– Afin de rebondir sur vos propos *(je l'imaginais, essayant de sauter à pieds joints sur les grands mots de M. Jourdain...)*, je dois vous informer qu'il y a deux jours, Tristan a eu une réaction étrange. J'avais réuni les élèves sur l'estrade, autour du bureau, pour un exercice de chant. La dernière chanson leur plaisait beaucoup. Ils s'égosillaient à tue-tête. « Ils descendent de la montagne à cheval ! » Tristan aussi, du moins il ouvrait la bouche et j'ai cru qu'il faisait semblant de fredonner. Je me suis approché de lui, il chantait : « Je descends de la montagne sur mon arbre. » Alors j'ai essayé autre chose. Je leur ai proposé de reprendre le chant depuis les bancs de classe. Ils ont tous enchaîné, sauf Tristan.

– Pourquoi donc ? interrogeait M. Jourdain.

– Je lui ai demandé, reprenait le petit maître. Tristan a eu l'air de réfléchir puis m'a répondu : « Je peux pas, monsieur, le mien de banc, c'est un cheval sans tête. »

– C'est très significatif et abonde tout à fait dans le sens de notre discussion.

Du coup, il repartait, M. Jourdain. Il a voulu encore préciser que « si j'avais un monde personnalisé, original, je n'étais pas si loin des autres. J'avais juste une façon de penser spécifique ».

Le soir, à l'abri, derrière la porte de ma chambre, j'ai regardé dans le dictionnaire. À « spécifique », j'ai lu : personnel. Synonymes : original et égoïste. M. Ballant, le docteur des généralités, il apprenait bien sa dictée avec le docteur de l'esprit. Ensuite, il venait m'examiner, me saisissait dans ses grands bras avant de me donner des médicaments pour les troubles de l'attention. Le docteur des généralités, qui préférait être rasé que barbu et les nœuds de cravate aux papillons d'un jour, il m'aimait bien, je crois.

– Il se peut que les cachets te fassent vomir, petit, il me prévenait. Dans ce cas, tu arrêtes de les prendre, d'accord ?

– Oui, monsieur Ballant, je répondais.

Je ne les prenais jamais ses pilules. « Certes, certes » et j'imitais ce cher M. Jourdain : « Certes, il n'a plus le cerveau en panne mais celui-ci fait encore des ratés. »

J'étais bien content d'avoir tout le temps la nausée. Je ne sais si je souffrais vraiment de troubles de l'attention. Toujours est-il qu'un matin, le soleil caressait la neige et c'était comme un oiseau vous embrassant avec ses plumes : j'ai fait une découverte. À force de serrer les dents sur la guimbarde, accroupi dans mon tilleul, deux oiseaux noirs s'étaient risqués. Ils s'approchaient en décrivant des ronds. J'avais fait des progrès, je tirais de mon instrument de nouveaux sons, la musique devait les attirer. Ils sont venus se percher. L'un, le merle, sur une branche au-dessus de ma tête et l'autre, une corneille, elle, s'est contentée du second tilleul. Elle était noire avec le haut de ses ailes tout gris, plus petite qu'un corbeau mais déjà curieuse, comme moi, quelquefois, derrière la porte, la tête inclinée. Le merle avait un bec jaune. Il sifflait très fort, c'était comme une plaisanterie : « N'oublie pas de recracher tes pilules... » Les jours de grand froid, les deux oiseaux savaient se jouer du vent, atterrir au bon moment quand, descendu de mon arbre, je continuais à tirer sur la languette en fer, sautillant dans mes chaussures cloutées, jusqu'à faire crier la neige, le long du chemin sur le sol gelé.

Des fois, j'essayais de les imiter. Le cri aigu du merle me donnait la réplique, la corneille attendait un peu – comme un guitariste écoute avant de s'accorder – puis elle chantait à son tour mais toujours après nous. J'aurais aimé pouvoir les installer à l'intérieur. Avoir un merle, sa corneille et, pourquoi pas ? un hibou dans une maison tiède pour, jusqu'au printemps, dormir dans leurs plumes avec les yeux de la nuit et les pierres du chagrin prisonnières dans les mains. Seulement, mon père Alex ne les aimait guère. « Ces bon Dieu de volatiles, je ne sais pas ce qui me retient de les flinguer », il râlait, quand il avait bu... pour oublier.

En principe, la corneille et le merle n'auraient pas dû s'entendre. Ces deux-là étaient certainement des rescapés, des orphelins d'une guerre des oiseaux ! Il y avait une règle à respecter : « Chacun dans son arbre, on se téléphone mais on évite de siffler en même temps. » Je leur avais bâti un nid chacun et les nourrissais quand le froid les empêchait même de voler. J'étais un peu leur mère, après tout, je vivais moi aussi dans les branches. Je ne voyais pas de meilleure explication. En y réfléchissant plus tard, en prison, j'en avançai une autre. Un mois auparavant, Mme Dunand, la directrice, avec « le petit mètre » Hubert Picq, nous avait réunis pour nous annoncer que nous n'aurions pas classe, ce jour-là. Michel, un de nos camarades d'école, s'était noyé dans le Jabron – la rivière coulant dans la vallée – en voulant repêcher son chien. À l'angle de la porte, sur une table, avec l'image de Michel plus une petite bougie, un cahier restait ouvert et tous les élèves pouvaient noircir le livre blanc de leurs mots. Quand mon tour était arrivé, j'avais juste dessiné un enfant dans un arbre et deux oiseaux noirs.

Les miens, parfois, descendaient picorer des miettes de pain que je posais sur une planche, devant la remise. Et le matin, dans la neige, en me réveillant, je suivais les empreintes de leurs petites pattes. Les animaux aussi écrivaient leurs traces sur le grand livre blanc.

3

J'APPROCHAIS DES HUIT ANS. On était en 1989, au cœur de l'hiver. Je me souviens d'un petit cirque : « Les Pagnozzo », qui s'était arrêté dans le plus gros village du canton, à une dizaine de kilomètres de notre maison. Je ne parlais pour ainsi dire plus, mon père Alex buvait comme un trou. Les docteurs disaient que nous avions un passage à vide. Ils le stimulaient, lui faisaient la leçon : « Vous êtes son seul re-père. » Il s'était secoué et m'avait emmené à l'unique représentation que les gens du voyage comptaient donner. Ils s'étaient installés autour de la piscine et sur le court de tennis. De gros camions peints de toutes les couleurs formaient le cercle. Le cirque se partageait en deux chapiteaux et, entre eux, il y avait une sorte de travée, où, de chaque côté, se dressaient des cages avec au bout une tente rouge. Nous étions arrivés à 7 heures du soir. La représentation débutait à 20 heures. On avait le temps de visiter la ménagerie, dans l'allée. Mon père et moi nous nous promenions, le long des niches des animaux. On y voyait un lion déplumé mais qui rugissait encore très fort, une vieille girafe qui baissait la tête. « Elle a mal au dos », plaisantait mon père et puis, bien sûr, des perroquets, des chevaux, les clowns à la parade et de belles dames en calot et veste rouge, elles proposaient des boissons ou des sandwichs. Enfin, nous étions parvenus au bout, devant la tente gardée par un homme vêtu d'un costume noir, avec une canne et un chapeau melon. « On dirait Charlot sans les moustaches », gloussait mon père. Charlot, il faisait de la réclame : « Venez, venez ! Profitez, en exclusivité au cirque Pagnozzo, de notre attraction mondiale. Venez admirer la plus grosse femme au monde ! »

Il y accourait de nombreux curieux et Charlot laissait la foule s'amasser, il tenait le cordon d'un immense rideau. Enfin, il a tiré, la tenture s'est reculée pour céder la place à une dame qui devait peser deux cents kilos. Elle était couchée sur une estrade garnie d'oreillers, de couvertures. Elle avait dû s'entraîner pour réussir à sourire au-dehors, tellement elle semblait triste au-dedans.

J'ai saisi le bras de mon père Alex, le poussant vers le premier chapiteau recouvrant la piscine où flottaient des mélodies, bribes et morceaux de musique. Nous étions en hiver, les pompiers avaient laissé l'eau couler, deux jours durant. Maintenant elle était gelée. Pour la première fois depuis tout petit, j'entendais de la musique glacique, *Les Quatre Saisons*, de Vivaldi.

– T'impatiente pas, fiston, a dit Alex, tu vas voir les animaux patiner, il ne s'était pas entièrement trompé. Une Gitane est apparue, coiffée d'une écharpe noire lui descendant aux épaules, et chaussée de patins. Elle s'est mise à danser de ses longues jambes avec un ours – enfin, la peau d'un ours – une cigarette au coin du museau. La Gitane, d'un croche-pied a fait tomber l'ours. Les gens riaient. La musique a changé, elle chantait seule, claquant des doigts sur un air de flamenco. C'était beau et triste.

Il était 20 heures. Nous entrions dans le chapiteau ; je n'avais toujours pas ouvert la bouche. Mon père paraissait fatigué. Découragé. À voir ses mains qui se tordaient, j'imaginais qu'il avait envie de boire un coup. Après la parade des chevaux sur la piste, un gros monsieur coiffé d'un bonnet turc, le pantalon en accordéon, a montré un tour qui amusait petits et grands. Il étendait une jeune femme presque nue sur une sorte de planche à repasser tenant toute seule en l'air, puis la dissimulait sous une caisse noire. Ensuite, il a poussé une scie ronde sur un chariot, comme à la maison des arbres, et l'a placée en face, prête à scier, juste au milieu.

En prison, à la bibliothèque, il y a peu de temps, j'ai lu une phrase dans un livre – Auden ou Walter de la Mare, je ne sais plus – qui m'a rappelé le jour où nous sommes allés à la représentation et aussi ce tour de magie : « Les animaux sont fanatiques, mais comme ils rient, les chers petits, quand, au roulement des tambours, le magicien scie en deux la jolie dame ! »

Si je me souviens bien, ça ne nous amusait pas du tout. Je suis persuadé que, comme moi, mon père Alex voyait, à la place de la caisse noire, un cercueil. Pendant que la jolie dame, maintenant à la verticale, debout dans sa caisse, devait tant bien que mal replacer sa tête puis son buste sur ses jambes... le mage présentait un second numéro avec des billets et des cartes. Il déclarait qu'il donnait à chaque billet la carte qui lui correspondait. À l'écouter, le valet de carreaux faisait apparaître la couleur verte de l'argent.

Il sortait un chou d'un chapeau, le secouait la tête en bas et le renfonçait dedans. En retournant alors le feutre vert, il en tombait des billets. Puis il les distribuait, les lançant à la volée, le long de la piste. Les gens se battaient, se ruaient les uns sur les autres pour en attraper un, comme si c'était des vrais. L'homme en costume noir se pavanait, les pieds en dedans, il faisait tournoyer sa canne... J'ai vu le film depuis.

Enfin, le clou du spectacle se déroulait dans les airs, en haut du chapiteau, avec une lumière diminuée, pareille aux nuits de vieille lune. Une dame musclée, en collant constellé de petites étoiles de givre, belle comme un ange, s'élevait dans l'air vers le ciel du cirque. Un corbeau l'accompagnait. D'abord elle s'est dressée sur une barre maintenue par des cordes puis elle s'est balancée, de bas en haut. Le temps qu'elle s'envole, elle a pris son élan pour atteindre l'autre trapèze. Le corbeau l'attendait, battant des ailes sur son perchoir. Il lui recouvrait les mains comme un abat-jour, on avait la sensation qu'ils flottaient dans l'air. Sous les roulements de tambour, le choucas a décollé du trapèze, peut-être qu'il saluait, et l'ange allait et venait, suspendu par les genoux : elle s'est laissée d'un coup tomber, à la dernière seconde s'est rattrapée par les pieds. J'ai ouvert la bouche, crié non ! pareil que s'il s'agissait de ma mère Blanche, là-haut, dans mon arbre, qui allait s'écraser. Je me souviendrai de cet instant. Mon père m'a pris la main. Il avait une larme au coin de l'œil. Elle devait être accrochée à un trapèze car elle avait du mal à descendre le long de sa joue.

Très vite, dans les mois qui ont suivi, Alex s'est lassé du rôle de re-père que lui avaient confié les docteurs. La maison devenait triste, de plus en plus, dans la journée, je ressentais le besoin de jouer dans mon arbre, de parler à mes amis qui volaient. Je sortais prendre l'air...

– Tu vas finir par l'user, mon père ricanait. Il ne supportait pas que je joue de ma languette en fer, dans la maison, devant la vitre.

– Toi et ta guimbarde, vous me faites crisser les dents.

La bouteille de vin et le verre se prenaient d'affection pour la table. Il ne les débarrassait même plus. « Écoutez-le ce drôle, écoutez ! » il délirait. « Écoutez la musique par la fenêtre, on dirait qu'il la mastique... la musique ou la fenêtre ? On dirait une salade fanée. »

J'aurais voulu que mon père soit comme une grande lumière. Qu'il me guide avant que je m'endorme et me perde dans les rêves. Hélas ! il en était toujours à crier : un oiseau de nuit en lutte contre la peur et la peine et qui ne savait pas chanter, toujours prêt à me tomber dessus, ça oui, si je perdais mon chemin en tâtonnant ou désirais souffler un peu.

À l'école primaire, j'étais « suivi ». Le docteur des généralités, M. Ballant, venait m'ausculter. Au bout d'un quart d'heure, il griffait l'air, ouvrait grands ses bras comme si je lui posais une question difficile, il me déclarait :

– Tu devrais en parler à M. Jourdain.

Je « consultais », depuis deux ans, une fois par mois le docteur de l'esprit. Je n'avais pas tant de choses à lui dire.

– Et pourquoi lui ? j'interrogeais.

– Tu as subi un traumatisme. Il peut t'aider.

J'ai pris le dictionnaire dans la bibliothèque, l'ai feuilleté et trouvé « Traumatisme », du grec *trauma.* Blessure. Ensemble de troubles occasionnels dus à un coup, un choc émotionnel.

C'était pas facile à comprendre. En bas de la page, il donnait un exemple : « La mort de sa mère lui a causé un traumatisme... »

Je suis tombé en arrêt devant la porte. Le docteur des généralités s'est mépris.

– Attends, je vais t'ouvrir.

Je lui ai dit : « Merci, je sais encore ouvrir une porte. Je ne comptais pas sauter par la fenêtre. »

M. Ballant, il les avait, les bras, encore plus que d'habitude. Le docteur de l'esprit se tenait toujours très droit, croisés les siens, de bras, assis dans un fauteuil à côté d'une vitre, en face de moi. Il n'allumait jamais la lumière. Dès que je me couchais sur le dis-voir pour rêver les yeux ouverts, il ne me regardait plus. Je lui en ai fait part.

– Je ne suis pas ton médecin généraliste, il a rétorqué.

M. Ballant : le petit docteur, j'ai souri, repensant à ses bras et à la porte. M. Jourdain a voulu préciser :

– Je ne suis pas là pour t'examiner, seulement t'écouter.

J'en ai déduit qu'il regardait au-dedans et moi qui ne parlais guère, je devais rêver trop fort.

Mon père devenait dur, injuste avec moi. Il me donnait des claques, des coups de pied, pour un oui, pour un non. Je voyais peu d'autres choses à lui exprimer. Il réagissait comme si tout ce qui nous arrivait était de ma faute.

Pourtant je l'aimais bien lorsqu'il m'enlevait de mon tilleul pour aller à la pêche. Les poissons le rendaient gentil, surtout s'il en prenait. Je me rends compte à présent que mon père, à jeun, s'endormait dans le monde comme les flocons de neige sur les branches et, au réveil, un sourire parvenait à surprendre et adoucir ses yeux fatigués. Par contre, une fois soûl, ce même monde le rendait fou et il s'acharnait à le et à se détruire. La nuit, dès qu'il ronflait, je sortais en cachette.

L'hiver, le ciel était couvert de suie et les étoiles y manquaient comme lorsqu'on oublie les lèvres sur le visage d'un bonhomme de neige avant de lui dessiner son ombre en lui donnant un chapeau, un parapluie puis un balai. Le noir, pour moi, incarnait la couleur du danger. J'essayais de percer son secret.

Quand ma mère est morte, en 1988, j'ai pensé que le monde – malgré le ciel et les étoiles – celui qui l'avait fait, il l'avait loupé, il s'y était mal pris. Puis j'ai appris avec les années que chacun de nous avait sa pelote de laine et de mots pour faire, défaire ou tricoter une maille de l'univers et donc, moi aussi, je devais essayer. Pour pouvoir le supporter tel qu'il est. C'est ce que je ressens, bien que je n'y sois pas encore parvenu.

Je réalise que j'ai d'abord habité une maison blanche, décorée d'un banc de mousse et de deux tilleuls, entourée de montagnes, d'une rivière et d'une forêt. Une ferme avec des champs de blé, de seigle, de pommes de terre que les sangliers venaient déterrer. J'ai joué, suspendu dans les arbres, et regardé Blanche, ma mère première, comme le monde à elle toute seule. Sans sa présence, mon père devenait peu à peu un mystère que les jours, s'additionnant en file indienne, pouvaient de moins en moins expliquer. Un jour, je suis tombé en panne de réponses. Grâce à mon ami Germain, aujourd'hui à dix-neuf ans, j'ai l'impression de savoir même si on ne peut rattraper un jour qui s'est arrêté.

Je savais lire et un peu écrire. Une seule phrase m'occupait pour la journée. Si j'éprouve désormais le besoin d'écrire, c'est peut-être que la pelote de laine des mots s'est amassée en un gros tas mélangé, alors je tente de trier, nommer les souvenirs, les sentiments, les ranger dans l'espace et le temps, et aussi que l'on me comprenne. Qui se soucie de la vie des pierres avant d'en prendre une dans sa main ? Certainement pas mon père. Il allait de plus en plus mal et le petit docteur des généralités lui avait conseillé de se changer les idées.

Les parties de pêche se faisaient rares. Il y allait seul et lorsqu'il s'en retournait avec son panier vide, il surgissait dans cette maison désolée, s'écroulait sur le canapé en disant : « Quand dans une baraque même les chaises s'ennuient, on finit par ne plus savoir où s'asseoir. » Il regardait d'un air malheureux la bouteille et le verre abonnés pour l'année à la table. Il se mettait à pleurer. Je préférais qu'il pleure, comme ça il oubliait de se mettre en colère. Le pire, pour moi, se passait à Noël. C'était une fête incompréhensible. Je n'aimais pas cette période où les enfants faisaient la roue tels des paons, en laissant les deux chaussures plutôt qu'une sous le sapin en plastique. Pour l'amuser et éviter qu'il ne se soûle, je jouais à manger les bougies et les petits nains sur la bûche que mon père rapportait, chaque année, de la pâtisserie, en soupirant pire que s'il s'agissait de tirer une locomotive. Durant toute l'année, mon père Alex ne me faisait pas de cadeau. Noël n'y changeait rien, c'était pareil.

4

Au début de l'année suivante, M. Vargas, l'homme aux menottes, sans prévenir, nous a rendu visite.

– J'ai du neuf, il a dit, cherchant ses mots... Ça y est, nous les avons coffrés !!

Il parlait des deux bandits évadés de la prison de Gap. Deux ombres enfuies un soir avec la clé de l'horloge de ma mère Blanche. C'est ainsi que je me les représentais. Je les ai vus passer sur le front plissé de mon père.

– Je suppose qu'on devrait se réjouir, il a dit, avec une grimace.

M. Vargas regardait ses souliers. On voyait bien qu'ils n'avaient pas fait tout ce chemin pour rien.

– Ils ont essayé de cambrioler une bijouterie à Marseille. Manque de pot, des collègues à nous planquaient sur une autre affaire dans le bistrot d'en face. On les a incarcérés aux Baumettes.

– C'est sûr, ils seront mieux qu'à Gap, a, entre ses dents, grincé mon père. Au moins là, ils sont au bord de la mer.

Le chef policier voulait que nous allions les « identifier », derrière une glace de pauvre, avec juste un côté. Mon père secouait fort la tête.

– Pas question ! D'abord, pour quoi faire ? C'est pas ça qui va nous la rendre.

Il nous comprenait, l'homme aux menottes, mais bon, c'était la procédure.

– On a besoin de vous, ils doivent être jugés pour ce qu'ils ont fait. Si vous les reconnaissez, ils risquent une peine de vingt ans, incompressible.

Je ne comprenais pas grand-chose à ces mots raides, froids, organisés. Maintenant, avec le recul, je sais que je répondrais c'est ça la justice, comme un citron. On presse tout le monde : les innocents et les coupables, au bout du compte, tout le monde se retrouve le cœur à sec. M. Vargas essayait de rester calme. Il pouvait nous obliger à venir mais s'y prenait doucement, il marchait sur des œufs et mon père semblait partant pour en faire une omelette. Alors l'homme aux menottes a posé sa grosse main sur mon épaule, il a déclaré :

– Cela vous permettra peut-être de terminer votre travail de deuil...

Mon père le fixait, les yeux écarquillés. Un feu de folies s'allumait dans sa tête. Je le voyais à ses mâchoires qui se raidissaient. Il a eu cette réflexion étrange, j'ai failli en rire :

– Bien, on ira. Hein petit ! Tu entends ? On ira les dorloter les rats, avant de les cuire et d'en faire du pâté !! Mais ne nous demandez pas qu'on en mange...

Après le départ du policier, j'ai cherché le mot dans le grand livre des explications. À deuil, « faire son deuil », j'ai lu, finir par accepter d'être privé de quelqu'un de proche, qui est décédé récemment. Travail de deuil. Je partageais la colère de mon père. On travaillait déjà bien assez tous les deux et, surtout, nous ne voulions plus travailler avec la mort.

Puis, un beau jour, mon père est parti – ce sont ses mots – faire une virée à Paris. Son cousin s'occuperait de moi, et du peu de travail qu'il y avait, en février, à la ferme. Il s'appelait Paul, vivait seul à Sisteron et peignait les voitures dans un garage. On ne le voyait pas souvent.

Une semaine a passé. Il avait beau être en vacances, il commençait à tourner en rond. « Je ne supporte pas ce bordel ! » il criait.

– Nom de Dieu ! cette ferme part à vau-l'eau, par tous les bouts. Heureusement que son pauvre père ne peut plus voir ça, il se retournerait dans sa tombe ! À tous les coups.

Je n'avais pas connu mon grand-père mais je réfléchissais à l'idée d'observer ce qu'on ne voit pas ou de se retourner dans un cercueil pour ne plus le voir... Est-ce que ma mère Blanche, elle non plus, ne nous regardait plus ? Le cousin Paul ne me plaisait pas plus que ça. Il avait des problèmes de vessie. Dans la journée il pissait souvent, un peu partout. Surtout lorsqu'on travaillait. Le chien Milo le suivait, chacun marquait son territoire. Je pensais à mon père Alex, depuis sa virée à Paris, s'il le voyait, c'est sûr, il se retournerait lui aussi et il dirait : « Cousin Paul, tu ferais mieux de surveiller tes urines... ! »

Et voilà que le jour de carnaval, mon père Alex, habillé en dimanche, l'air d'un Pierrot, revenait avec une femme à son bras, très jeune – vingt-trois ans si je me souviens bien –, grande et forte, noire de cheveux. Je l'ai trouvée trop belle. J'en reparlerai. Elle s'appelait Maryse. Mon père ne m'a jamais raconté sa vie, ni ce qu'elle faisait à Paris. Le soir, il m'a juste dit :

– Je t'avertis, petit, tant pis si tu n'y piges rien. Maryse, elle vient des bars des hommes et du froid. Va falloir faire avec.

Je n'en demandais pas tant. Le lendemain, elle chantait dans la cuisine et nous avons mangé en riant, ce jour-là.

Ensuite tout est allé très vite. Mon père a eu l'idée de vendre la ferme en lui abandonnant nos mauvais souvenirs, et, presque en même temps, avec l'argent, celle de racheter une immense grange flanquée d'un pigeonnier et d'un cabanon, au sommet du col de l'Homme Mort, au bout du monde, pour la transformer en auberge paysanne. Il a en plus fait l'acquisition d'un troupeau de moutons mérinos croisés préalpes. Bien avant que les travaux soient terminés, en juin 1990, il se mariait avec Maryse qui devenait française, et nous nous installions, pleins d'espoir, au beau milieu des pierres et des champs de lavande.

Devant la ferme, campaient déjà deux superbes tilleuls. Mes deux compagnons se sont habitués à ce nouveau lieu sans difficulté. J'étais ravi. Le paysage me plaisait et je me suis de suite bien entendu avec Maryse, surtout quand je lui ai proposé un nom pour son restaurant. Elle était d'accord. « Va pour *Le Cabaret des Oiseaux* ! » Mon père, le soir, a hoché la tête, l'air content. Qui ne dit rien, sourit. Ainsi Maryse, ma belle mère, venait des hommes, des bars et du froid. Je demandais, mais d'où ?

– De l'Est, elle a répondu.

Maryse, c'était son nom de campagne. En ville, elle se nommait Martha. Elle me l'avouera plus tard, un jour de cafard. D'ailleurs, je ne comprenais pas comment cette petite bête pouvait la rendre triste. N'empêche, tous les matins, de l'est, je voyais le soleil se lever, et Maryse, sur le pas de la porte, qui s'étirait. Cette image de son pays me suffisait comme explication. Sinon, nous avions du travail à ne savoir qu'en faire. Mon père ne prenait plus le temps de boire. C'était une bonne période.

Je me promenais souvent dans la montagne qui veillait sur *Le Cabaret des Oiseaux*. Le long de la crête, des bûcherons avaient tracé une piste. Elle paraissait toute blanche au soleil. J'entendais des cris, des gens couraient après des ânes, un peu plus haut, sans doute des clients de l'auberge. Les bêtes marchaient d'un pas lent, de chaque côté de leur dos pendaient de lourds ballots. J'ai cligné des yeux, à cause du soleil, et aussi pour ranger mes pensées. Alors j'ai vu de gros scarabées gris aux oreilles d'âne avançant sur un drap blanc mis à sécher sur une corde à linge : la cime des montagnes. Je regardais la poussière tomber du drap de l'air, avant de se perdre parmi la brume de granit au-dessus des hêtres et des chênes. Sur ce plateau, entre terre et ciel, les champs de lavande s'empilaient les uns sur les autres comme sur une échelle. Les chemins tracés au bord, eux, paraissaient ne vouloir aller nulle part. J'adorais les suivre, relever les traces d'un animal, quand le matin la terre se dégelait, et les toucher du bout des doigts. Enfin, je revenais à la ferme. Je contemplais son toit qui fumait, goûtant son odeur de neige, alors qu'une autre, d'abord emmêlée, s'en séparait et me chatouillait le nez. Une forte odeur de café s'évadant par la fenêtre ouverte. Après, je m'occupais des brebis, réparais des claies en bois de pin pour trier les agneaux, j'aidais mon père ou encore j'attendais les clients. Certains prenaient pension, l'hiver surtout, ils mangeaient tous les jours au *Cabaret des Oiseaux*. Des éleveurs revenant de la foire, des marchands de bestiaux, des bûcherons, des bergers, des ouvriers de chantier. À la belle saison, d'autres, en vacances, ne faisaient que passer. Ils restaient un jour ou deux. Parfois, un voyageur seul déboulait à l'auberge, mal rasé, l'air d'une mauvaise nouvelle. Lesté d'un sac à dos : une musette, il demandait si on avait du travail pour lui. Mon père Alex secouait la tête avec colère.

– Non, non ! Il n'y a rien pour vous.

Pourtant, à la ferme, on venait de s'installer. Du boulot, il y en avait, à l'aise, pour cinq. Maryse tenait tête à mon père. Elle faisait entrer cet homme. Selon elle, c'était la moindre des choses. Une lampe dehors pour celui qui perdait son chemin, une assiette de soupe, du pain, un fromage et, en prime, un sourire pour continuer sa route. « On marche sur les talons, le ventre vide ! » elle taquinait. Maryse pensait qu'il existait des êtres aux longues jambes destinés à courir le monde. Nous devions les aider. Je comprenais presque. Plus petit, je voulais grandir avec les arbres, élever des grillons, être tailleur de sucre ou avoir les mains transparentes pour que viennent s'y déposer les papillons et devenir un géant, avant d'emporter la tombe de ma mère Blanche jusqu'au ciel.

Je me sentais plus clair, vif dans ma tête. Malgré tout, quelquefois, je n'y pouvais rien, je retournais à la vie lente. La nuit, je sautais par la fenêtre, j'allais au bord de la rivière : en réalité seulement un gros ruisseau, mais j'aimais ce mot de rivière. Il me semblait plus fort, plus profond. Je restais à écouter son eau soupirer, clapoter de sa langue claire contre les galets. Les étoiles couraient se baigner parmi les flots et s'y miraient comme dans une glace. J'en repérais deux, plus brillantes, ensemble attachées. Je me changeais en statue pour ne pas les effrayer. Soudain, elles s'emparaient des visages de mon père et de ma mère. Bras dessus, bras dessous, elles descendaient la rivière. Avec le temps je me dis, si encore parfois je m'arrête, qu'un enfant de six ans ne peut être séparé si tôt de ses parents. D'accord, mon père était encore là, mais séparé aussi, de lui-même. La vie est un drôle d'endroit.

Et dans cet endroit, j'ai rencontré Germain. Un vieux berger alsacien, tondeur de moutons. Né en 1921, il avait, à l'époque, soixante-neuf ans. Il venait, surtout l'hiver, manger le midi ou tondre notre troupeau, au *Cabaret des Oiseaux*. Il est très vite devenu un ami. Alex et Maryse l'aimaient bien également. Il habitait, dans le col du Négron, une maison moitié bois, moitié pierre entre les fayards. J'y restais, de temps à autre, pour dormir. Le lendemain, il me reconduisait en voiture, une C15. Elle ne roulait pas vite. Je profitais du paysage, comme si je revenais à pied avec mon double, en plus âgé... mais assis, dans cet antique tacot à l'agonie. Germain possédait un appareil Kodak bien démodé, sur une étagère, au milieu des toiles d'araignée. L'œil de poussière, je l'appelais. Son plaisir consistait « à me faire prendre la pose » et aussi à me dérober mon image. Je savais, depuis belle lurette, qu'il n'y avait plus de pellicule dans son panier à voler. Ça m'était égal. J'adorais faire la pause. Je joue sur les mots, maintenant, j'ai remarqué qu'on pouvait leur faire dire, en les écrivant, autre chose qu'en les prononçant. On ne découvrait jamais les images. « Les photos arrêtent le temps », il déclarait puis, retournant la casquette à l'envers, il riait, faisait mine d'appuyer sur le clic-clac.

– Oh, merde ! le petit oiseau est de sortie.

Mes anniversaires, je les passais – dans un cinéma muet – sur les branches de mes nouveaux tilleuls, au *Cabaret des Oiseaux*. Pour mes neuf ans, le merle et la corneille demeurèrent silencieux, je devais m'être endormi sans ma tête qui, elle, restait éveillée. J'ai appris que cela s'appelait un rêve et, dans ce rêve, les branches se décoraient de bouteilles. Les bouteilles de mon père. C'est moi qui risquais d'être soûl à sa place. Je chutais de l'arbre, sentais la neige me recouvrir en coulant des bouteilles. Je courais dans la nuit. Vite. Me recoucher avec la tristesse. La tristesse, elle frappait le petit cœur lorsqu'on avait le cafard. Longtemps j'ai confondu le cafard de la tristesse avec le petit animal du même nom. Mais j'avais surtout du mal à prononcer le *f*. J'ânonnais, affirmait M. Jourdain, le docteur de la tête, pardon, de l'esprit. Il tenait cette petite erreur de langue pour une défense. Trop compliqué pour moi. Bref, je prononçais ca(n)ard. Ce qui fait que chaque fois que Maryse voulait en cuire un pour les clients de l'auberge, elle venait me voir et si elle trouvait que je tardais à le plumer, « C'est normal », je répondais, « je plume la tristesse ».

Les gens du coin qui déjeunaient au *Cabaret des Oiseaux* parlaient parfois devant moi. Ils pensaient que je ne les entendais pas, qu'en plus de simple j'étais devenu sourd. Il est vrai qu'en débarrassant les tables, sans réfléchir, je m'arrêtais au milieu d'un geste, regardais sans voir un endroit que j'étais le seul à côtoyer. Alors, l'un d'eux, un habitué, les jambes entre parenthèses, un homme qui aimait rire des autres, cet homme disait :

– Reluquez-le, quel Trist(e) temps ! Là, il n'est plus bon à rien, tout juste capable encore de s'accroupir au pied d'un chêne pour le regarder pousser.

Les clients riaient. Surtout quand je laissais redescendre mon bras.

D'ailleurs, avant la fermeture, je n'attendais pas qu'ils finissent de manger, déjà je passais l'aspirateur dans la grande salle. Là aussi, je ne sais pas pourquoi, au bout d'une minute j'enlevais la prise et... le bruit de l'appareil. On était débranchés tous les deux.

– Juste le temps que la poussière retombe ! il se moquait, Ferdinand, l'homme qui riait des autres. Il nous prenait chaque année les agneaux, les brebis de réforme, pour les conduire à l'abattoir. Je savais qu'à la fin du repas il en choisirait quelques-uns. Je ne comprenais pas mon père. Il élevait des moutons et, avant qu'ils soient grands, il les laissait partir.

Par moments, les paroles et les gestes des adultes me maintenaient en suspens, interrompu comme une phrase mystérieuse, entre parenthèses – celles du dictionnaire, pas celles de l'homme qui riait des autres – et dès le retour d'école, je consacrais une heure avant le repas du soir à étudier la grammaire et le vocabulaire. Ce qu'il y a de bien avec les mots : si j'en prends un, il s'explique vite par le suivant. On examine le deuxième, ce qu'il veut dire et cela n'a plus de fin. Un peu comme dans la vie, les mots nous font avancer. Si je pense à la mort, à Blanche ma mère première, je crois que la mort arrive lorsqu'il n'y a plus de mots. Juste une boule, grosse boule pleine de colère, une pelote de laine noire qui vous bascule dans la gorge, les gouttes de tristesse s'échappant le long des joues ou sur le nez. Heureusement, il existe des mots joyeux. On en trouve un, tiens, il me fait chaud au cœur, celui-là. On en essaie un de plus, ils ont l'air de s'entendre, de se compléter, puis on bâtit une phrase et ça va de mieux en mieux. On joue avec, ils s'enroulent dans la tête, alors en sort une jolie pelote de laine. Vous n'êtes plus ce petit garçon triste mais le chat qui lance la patte, fait rouler la pelote, tout en ronronnant.

5

Le premier hiver au *Cabaret des Oiseaux*, nous sommes restés bloqués dans un mètre de neige, de janvier à la fin d'avril. Il faisait tellement froid que mes oiseaux s'étaient réfugiés dans la remise. Le vent semait des congères au petit bonheur la chance, on ne distinguait plus la route. Cela ne nous inquiétait guère. Nous avions notre provision de viande, du sel, du café, des légumes. Le bois de chauffage séchait à l'abri, sous l'appentis. Il me restait à le fendre, pour alimenter tous les matins le poêle ainsi que la cheminée. L'eau était gelée, on pelletait la neige, la faisait fondre dans un gros chaudron. Toutes les nuits, le vent soufflait, défaisant ce que le jour avait commencé et, le matin, nous avions perdu notre chemin. On se servait de la corde tendue entre la maison et les bergeries pour se déplacer, donner le foin, le grain aux animaux. Je n'allais pas à l'école mais je continuais d'apprendre, j'étudiais mon dictionnaire, je lisais des livres, surtout j'écoutais chanter Maryse. Jeune, Germain jouait de la guitare, il avait même monté un orchestre. Dernièrement, il lui avait offert son vieux piano à queue, un crocodile à dents noires et blanches. Rien que le transport – je vous passe les détails – on y avait mis la journée mais il avait supporté le trajet et depuis Maryse s'occupait bien de lui, elle ouvrait sa bouche en caressant ses dents. Des sons gais s'échappaient, désaccordés, il paraît, en tout cas plus jolis que ceux de ma guimbarde. Mon père s'était remis à boire. Il bricolait bien un peu dans la maison et à l'auberge, nous avions tant de choses à faire, seulement il s'ennuyait dans la blancheur. Peut-être qu'il aurait aimé être un ours, ne plus penser, juste dormir, attendre le printemps sous la neige, parmi ses bouteilles.

Un léger redoux nous a surpris en février. Oh, pas longtemps, quatre ou cinq jours, et nous étions à court de petit bois. La neige fondait, devenait moins épaisse. Mon père Alex et moi allions, pataugeant, enfonçant jusqu'aux genoux. On assemblait des fagots, on les liait, les portait un par un sur le dos, jusqu'à la ferme. On en avait besoin pour le four, il fallait cuire du pain – tous les quinze jours environ – et je venais d'apprendre à pétrir ainsi qu'à bouler. Mon père et moi y passions la nuit. Pendant que les boules de farine attendaient de se changer en petits pains, on raclait les braises, puis on enfournait les miches à l'aide d'une longue pelle en bois.

Ensuite, le moment que je préférais, on attendait trois quarts d'heure, on défournait. On se servait à nouveau de la pelle. Les pains dorés de grosses crêtes brunes sortaient en file indienne comme des coqs de la grotte du four. Enfin c'était le tour des pizzas, de la pâtisserie. À 5 heures du matin, épuisé mais content, j'offrais les croissants dans un grand panier d'osier, sur la table de la cuisine et, en pensant au sourire de Maryse, j'allais m'enfourner dans mon lit.

Le dernier jour du redoux, Germain avait mis les chaînes à sa brouette – le nom qu'il donnait à sa voiture –, il était venu nous voir. Il nous achetait du pain régulièrement, qu'il vente ou qu'il neige, il ne manquait jamais une fournée. Il était parvenu à monter jusqu'au col de Macuègne, au croisement de la route venant de Montbrun et de celle, empruntant le col de l'Homme Mort, qui conduisait à notre auberge. Il avait fini le voyage en raquettes.

Je le vois encore se réchauffer devant la cheminée, au centre de la salle à manger. Il rit. Ses yeux pétillent. On dirait qu'il est heureux d'être vivant. Ses mains tannées, osseuses, se posent – les doigts gourds repliés comme des serres – sur un cou, une épaule imaginaire, au-dessus des flammes.

Maryse n'a pas voulu qu'il redescende. Il a donc dormi au *Cabaret des Oiseaux*. Mon père et Maryse se sont couchés assez vite. Germain était mon ami et notre invité, j'avais la permission de veiller. Je me suis installé à ses côtés, dans un fauteuil, les pieds en bouquet de violettes orientés vers la cheminée. Le silence nous a capturés un moment, le regard perdu dans les flammes jaunes. Germain, par son âge, connaissait bien les habitants de la vallée, leurs petites histoires aussi. Je l'avais interrogé au sujet de ma mère. Les paroles d'Alex, le jour de l'enterrement de Blanche, m'obsédaient.

– Germain ?

– Oui.

– Est-ce que je suis le fils du cousin de mon père ou... celui du facteur ?

Il a éclaté de rire. Le rire s'est mis à enfler, à lui sortir des yeux. Il en pleurait.

– Nom de Dieu ! d'où sors-tu ce genre d'idioties ?

– De mon père. D'accord, il devait être un peu ivre. N'empêche, c'est ce qu'il a dit, à la sortie de l'église.

Germain redevint sérieux. En effet, d'autres personnes avaient entendu mon père délirer. Ça les choquait. La nouvelle lui était arrivée aux oreilles. Baste ! à cette époque, il ne nous connaissait que de nom, ce n'est que lorsque nous sommes devenus proches qu'il s'était renseigné et ....

– Écoute, Tristan, ce sont des propos d'ivrogne. Ta mère n'aimait que ton père et tu le sais, moi aussi je l'aime bien, mais elle avait du mérite.

– Alors il m'a menti. Pourquoi, pour me faire du mal ?

– Je ne sais pas. Le malheur pousse à lâcher des choses qu'on ne pense pas vraiment. Ou alors en les adressant à un autre, c'est une manière de se les dire à soi, une façon de tricher.

– Eh bien, demain je lui dirai, que c'était pas juste, ce mensonge.

– Si tu veux, mais il ne l'avouera jamais. Il te répondra qu'il ne s'en souvient pas. Et puis... reconnaître qu'on ment, c'est pas donné à tout le monde, même si ça épargne de mentir deux fois. Seulement ça, il ne sait pas encore le faire.

Pour moi, cette dernière réflexion tenait du mystère. J'avais beau me la repasser mot pour mot, tout entière, la bousculer dans tous les sens, il y avait ce « deux fois » et « il ne sait pas encore le faire » que je ne comprenais pas.

Au fond, je sentais ce que Germain voulait m'exprimer. Il est compliqué d'être simple, d'accepter de souffrir sans tenter de faire souffrir les autres, quelque chose de ce genre. En ce qui me concerne, je ne mentais pas, j'inventais certes, « certes... », n'est-ce pas M. Jourdain ?

C'est vrai, il y a des fois où il faut apprendre ce qu'on ne sait pas. J'ai pris un journal qui traînait sur la table. Me suis mis à le peler, pire qu'une orange, mais rien de ce qui était écrit ne déclenchait le moindre écho dans ma tête. Mes yeux dansaient le long des lignes, sur le papier. On pouvait penser à une – autrefois – toupie folle ne pouvant s'empêcher de tourbillonner, attendant que des bras invisibles réussissent à la saisir ou la détraquent.

Un mois plus tard, Germain m'accompagnait à Sisteron, lors de ma visite habituelle chez le docteur de l'esprit. Par curiosité et aussi pour rendre service. Mon père se louait, de temps en temps, dans une grosse ferme du côté du plateau d'Albion. L'auberge, l'hiver, recevait peu de clients et nous avions besoin d'argent. Maryse devait passer sous peu le permis de conduire, mais pour l'instant on n'avait que la bétaillère, alors Germain s'était proposé. Sans doute aussi parce qu'il me sentait inquiet. Je finis par lui confier ce qui me tourmentait. Le docteur de l'esprit avait adressé une lettre à Mme Dunand où il écrivait que « même si je semblais normal... il valait mieux me placer en maison spécialisée ou dans un lieu de vie ». Ma situation familiale le préoccupait, etc., il craignait que je ne puisse « intégrer » le passage de l'école primaire au collège. J'avais remarqué l'enveloppe posée sur la table de nuit, en entrant dans la chambre à coucher. Je portais le petit-déjeuner à Maryse. Personne, ni elle ni mon père. Ils devaient déjà s'activer à la bergerie car les brebis commençaient d'agneler. Cette lettre était une photocopie. En bas de la page, Mme Dunand ajoutait quelques mots. Elle s'adressait à mon père, demandait son avis. J'étais surpris. Mon père avait des colères, des instants de douceur, des soucis et souvent mal à la tête ; rarement des avis.

Germain insistait auprès du docteur, il voulait assister à la séance. M. Jourdain, ça le contrariait que quelqu'un de plus participe au coucher du petit soleil. Je lui ai dit : « C'est mon ami. » Germain ne s'est pas laissé intimider.

– Je connais vos intentions au sujet de Tristan. Pourquoi faites-vous ça ? Il va mieux et il est très bien chez lui.

Silence. Il reprenait :

– Regardez-moi, d'après vous, suis-je normal ? Pourquoi ne pas me placer avec lui ? Et vous ? Vous n'auriez pas un petit grain, vous y réfléchissez quelquefois ?

Le docteur de l'esprit le fixait, avec son air de traverser la tête des gens, il a répondu d'un ton sec :

– On se connaît, monsieur... ?

Germain s'emportait. Il empoignait son bras.

– Lâchez-moi, espèce de mufle. Nous n'avons pas gardé les cochons ensemble, que je sache.

J'avais du mal à imaginer le docteur de l'esprit en berger des cochons. Je voyais une boule monter descendre de son cou autour du papillon. Germain, aussitôt, a répliqué :

– Non, mais on en garde le goût. Depuis le temps qu'on en mange. Vous aussi, quelquefois, vous avez un groin à la place de la bouche. Vous servez à quoi, au juste ? Vous avez de la chance que le petit soit là, sinon je vous dirais le reste. Je vais parler à ses parents, on ne vous laissera pas faire. Fichez-lui la paix, à présent.

M. Jourdain – une porte qui ne vous aime pas ne se ferme pas toute seule – nous l'avait ouverte en grand. C'était une courte visite. Une fois dans la rue, Germain s'était excusé.

– Désolé, Tristan. J'aurais pas dû m'énerver. Ces types me crispent. On dirait des trafiquants d'âmes proposant des pierres à la place du cœur. Je crois que je viens d'aggraver ton cas, mais je ne supporte pas l'idée que tu puisses te retrouver seul dans je ne sais quel foyer, avec ce charlot de toubib qui déciderait à ta place de ce qui est bon pour toi.

J'écoutais. La voix de Germain, une douceur sur la morsure du froid. Mais même le pollen de la rivière finit par être mangé par le gel. Il se tenait en face de moi, dansant d'un pied sur l'autre. Un ours à côté du pot de miel. Je lui ai pris la main.

– Germain, emmène-moi au cimetière.

– ... Si tu veux, allons-y. Mais pas longtemps, faut qu'on rentre avant la nuit, Maryse va s'inquiéter.

Les gens, à la maison des morts, ils apportaient des fleurs. J'avais du mal à en comprendre la raison profonde. Les fleurs, en général, c'est pour faire joli, ça rend joyeux. Le cimetière avait l'air d'un endroit triste, enfin, quand les morts n'étaient pas seuls. Puis j'ai pensé, lisant : « Ici repose... », les fleurs déposées servaient à les faire dormir. Il aurait fallu écrire à la place : « Restez tranquilles ! » J'en ai déduit que c'étaient des fleurs somnifères.

La tombe de ma mère paraissait seule, lugubre et vide, au milieu de celles toutes fleuries. Je me suis fait une promesse. Pour l'instant, je n'étais pas encore prêt. J'examinais la petite plaque noire en lettres blanches.

Il était inscrit : « À toi Blanche. Alex et Tristan. 1988. »

Je trouvais que les visages des personnes qu'on aime ressemblent à ces vols de passereaux, fuyant le froid et les montagnes à l'approche de l'hiver. Un jour ils s'envolent et on ne les revoit plus. Je me suis secoué. Le froid s'efforçait de pénétrer au cimetière.

– On s'en va, j'ai murmuré.

Germain et moi avons pris le chemin du *Cabaret des Oiseaux*.

6

La neige avait fondu sur les routes. J'allais de nouveau à l'école. Un après-midi, en fin de classe, mon père poireautait sous le préau ; Mme Dunand la directrice m'a pris le bras, me demandant de l'attendre au coin du poêle, dans la salle de cours. Elle voulait causer seule à mon père. Je ne devais pas m'effrayer, je pouvais avoir confiance. « Oui, madame ! » je balbutiais, avec mon horloge qui boitait. C'était une petite dame, toujours vêtue de noir – veste et jupe – sauf le chemisier blanc et des chaussures à talons courts, rouges. Elle était alors âgée de quarante-six ans. Avec ça, un visage dur, des yeux froids, perçants, un peu les mêmes que ceux du docteur de l'esprit. J'étais son meilleur élève en français, j'avais l'impression qu'elle s'intéressait à moi.

Je trouvais le temps long. Enfin, elle est entrée, je fixais sa bouche très rouge, redoutant ses premiers mots, au beau milieu des flammes... mais non, seuls ses yeux flambaient.

– J'ai parlé avec ton papa. Ne t'inquiète pas. Tu restes dans mon école, je compte sur toi, demain.

La directrice refusait de me « spécialiser ». Elle montait sur l'estrade. Je me suis jeté contre elle, sans réfléchir, l'ai serrée de toutes mes forces. J'avais la tête entre ses jambes, contre son ventre, enfouie dans les plis de sa jupe. Je ne la voyais pas aussi grande... l'estrade. Mes mains se croisaient derrière elle, dans son dos, sur ses reins. Relevant la tête, j'ai entrevu ses yeux s'étonner puis la surprise descendre à ma rencontre. Elle me caressait les cheveux. Je sentais son corps, toujours très raide, se détendre, s'assouplir. Elle m'a repoussé, presque en colère.

– Allez, ça suffit. Va-t'en maintenant !

J'étais content de conserver ma place à l'école, même si, souvent, avec Hubert Picq, le petit mètre, je pensais qu'on nous apprenait à dormir. Je contemplais le ciel par la fenêtre et l'hiver – l'école était au nord – le maître appelait la lumière au secours. On n'y voyait goutte. Toutes les fins d'après-midi, il fermait les volets.

Je perdais mon temps et peut-être mes pensées ou mon chemin, à cause de l'école obligatoire. Le Petit Poucet jalonnait le sien de cailloux blancs. Moi, c'était à l'aide de mots que je traçais un sentier. Les chiffres me jetaient de l'autre côté, je n'aimais pas trop calculer, compter, j'avais l'impression d'être à un bal masqué, de ne plus savoir me reconnaître. Dans la forêt, je connais des arbres vigoureux en adret et chétifs à l'ubac, ils doivent penser la même chose. Quand ils se penchent vers le nord, le mauvais côté, celui de la pluie, du gel et même s'ils poussent un peu, l'oiseau qui s'y pose ne fait que passer : il ne comprend pas le lapin, en bas, qui installe son terrier. « Vous allez du mauvais côté », dit l'oiseau au lapin devant son miroir. Ce que l'oiseau ne sait pas, c'est que le lapin, en creusant, il fait le tour de l'arbre. Cette histoire, je la racontais à Maryse qui s'en amusait beaucoup. Elle me souriait, jouait à s'asseoir sur mes genoux puis, en guise de réponse, d'une bise me frôlait le bout du nez et partait, elle aussi, à plaisanter.

– Tu penses que c'est un problème de vue, pour le lapin ?

– Non, c'est l'oiseau qui voit mal. En tout cas, pas assez loin.

– T'as sans doute raison. Si les lapins portaient des lunettes, ils ne se mettraient pas à courir comme des idiots devant la lumière des phares.

On riait, nous changions de genoux. Je préférais, de loin, cette école-là. Quand on la voyait, Maryse, son corps brillait, ses épais cheveux noirs lui descendaient sur les épaules. Je me répète mais elle était grande, forte, pas grosse, et belle. Belle de partout.

Bien que robuste pour mon âge, je me sentais tout petit lorsqu'elle m'entourait de ses bras. Que ce soit dans les champs, au jardin, surtout à l'auberge, elle était toujours en robe longue. Si elle en mettait une courte – l'été, pour servir –, les clients du *Cabaret des Oiseaux*, ça les énervait. On en voyait souvent qui la mangeaient des yeux, elle, louvoyant, slalomant entre les tables, eux ne sachant plus où ils en étaient. Au lieu de porter comme de juste la fourchette à la bouche, voilà qu'ils se la plantaient dans le nez. Dans ce cas, je m'amusais bien.

Un jour, Paul, le cousin de mon père, cédant à la curiosité, est venu inspecter notre nouvelle maison.

Il visitait, fouinait de partout puis, quel honneur ! décida de manger à l'auberge. Maryse s'affairait, tournoyait. En jupe courte, elle éclairait la salle à manger comme un phare sur la mer. Les clients, eux, se transformaient en petits bateaux qui font la course. À la fin du repas, une mouche devait l'avoir piqué, Paul se levait et prenait à partie mon père dans la cuisine.

– Alex, je ne voudrais pas me mêler de ce qui ne me regarde pas, je suis allé au cimetière, la tombe de Blanche n'est pas entretenue, ni même fleurie.

– Tu as raison, faisait semblant d'admettre mon père, cela ne te regarde pas *(un temps, puis...)* et les fleurs, il faut les offrir – ça vaut la peine de les recevoir lorsqu'on est encore en vie, pas quand on est mort.

Ça m'épatait. Mon père était encore capable d'avoir un avis, de plus, il ne voulait plus endormir les morts.

Ma mère Blanche, j'ai eu du mal à en parler. Avec cette nouvelle vie au *Cabaret des Oiseaux*, l'arrivée de Maryse, ma mère seconde, il me revenait des images. Mon père, au début on n'avait guère de matériel, il coupait le blé à la faucille ou à la javeleuse. Blanche et moi liions les épis en gerbes. On les dressait pour que le grain finisse de mûrir. Ensuite, on déjeunait sous les saules entourant le bassin de captage. Nous faisions la sieste. J'étais au milieu de mes parents, emmêlé, entre bras et jambes et, dès que le soleil faiblissait, on recommençait à fauciller, à lier. Blanche chantait pour nous donner du courage. Et aussi quand elle m'aidait à mettre au monde le petit veau de notre unique vache. Je me collais contre elle, je poussais, je tirais, le veau apparaissait. Ma mère souriait, relâchant la corde, elle me posait la main sur l'épaule : « Mon petit soleil ! Tu es mon petit soleil », elle disait. Et moi, je crânais : « Quand j'serai grand, je serai médecin vêleur. » « Vétérinaire ! » elle me reprenait. Et les fois, dans la cour, lorsqu'elle s'asseyait sur les genoux de mon père, je courais les rejoindre, on goûtait sa tarte aux pommes avec du citron dedans. Des petits riens et des gros peu, elle déclarait, à ces moments.

Surtout, elle chantait, dans la cuisine, dans les champs, ou quand elle cousait mes pantalons déchirés contre les clôtures. Des chansons douces, étranges. Je ne me souviens pas de quoi elles parlaient, sinon qu'elles me soulevaient le cœur et le corps, je me sentais léger, si léger. Mon père cessait de boire quand elle travaillait sa voix. Elle aurait dû chanter – chanter tout le temps. Sans doute pour cette raison que mon père a essayé à son tour, beuglant plus qu'il ne fredonnait des vocalises, à l'église, le jour de l'enterrement. Le curé avait fait sa colère, il ne pouvait pas savoir. D'abord c'était pas un air de ma mère, juste une rengaine de bistrot. Je le sais aujourd'hui, depuis que je débarrasse les tables à l'auberge. Parfois, après avoir mangé et bien bu, des convives braillent les mêmes sottises. Je ne suis pas curé mais ne trouve pas ça joli. À jeun, mon père non plus.

Je savais à présent lire, écrire correctement. Je ne comprenais pas simplement les mots, j'en éprouvais la contenance (je sais, je devrais dire : contenu, patience !). Comme mon père Alex, avec les bouteilles... « Mère de tous les mots », il déconnait, Germain. Enfin, tout ça pour dire que quatre ans plus tard, jour pour jour avec la date de la mort de ma mère, enfin, à dix ans, j'étais prêt. J'en ai fait notre anniversaire. Je lui ai offert quelques mots, un petit cadeau pour fleurir sa tombe puisque personne n'y pensait. Un petit mal, pluriel, des maux... qui disaient :

– Maman Blanche. Regarde, je lis, j'écris. J'arrive à vivre, maintenant. Ton petit soleil en raccourci.

C'est vrai que j'allais mieux. Debout devant l'un des peupliers longeant le ruisseau, à la lumière du jour qui se levait, j'avais aperçu une truite arc-en-ciel bondissant hors de l'eau. Elle se cambrait dans l'air, s'était prise à tourner dans la grande roue du soleil qui étincelait ses écailles. Je retiens encore cette image, celle du plaisir d'être. Et puis je suivais le lit de la rivière, écoutant l'eau roucouler sous la glace, je parvenais au sommet du col de l'Homme Mort. Je m'arrêtais – volontiers – contemplant notre auberge en contrebas, alors que le ciel s'écartait de tous côtés, vers les plateaux. Sur le flanc d'une butte, elle semblait surgie de terre et les couleurs de la journée, du brun au rouge, au fer bleuté, se déployaient. Elles ondulaient, on aurait cru un défilé de mode, sur les murs, sur les toits, la baie vitrée, avant que la lumière disparaisse, sans un cri, derrière la brume de velours des montagnes.

Au plus fort de l'hiver, les jours devenaient comme décolorés. Un matin, la neige nous réveilla. Elle avait pris le soin d'endormir les bruits sourds qui d'habitude rassuraient, bien qu'on y prêtât peu d'attention. Le givre s'étalait ! un pan de buée, à l'aide de doigts durs, dessinait les vitres en noir et blanc. On sentait le poids de la neige sur les toits. Une sensation physique. La maison courbait le dos, elle se tassait. C'est rien de le dire... que l'hiver, on se supportait. L'hiver, si j'y repense, représente une partie de moi, de ma vie lente. Ce n'est au mieux qu'un pas de danse, un sur quatre, un quadrille dans la ronde des saisons. Je ne suis pas que lent, je deviens l'endroit où je vis, l'envers où je m'arrête. Comme le petit Chaperon dans la fable – courons vite dans les bois – comme moi, le petit Chaperon... c'est aussi le loup.

7

À CETTE ÉPOQUE, dans ma dixième année, je passais pas mal de temps en compagnie de Germain. Bien qu'à la retraite, il gardait, plus pour une question de forme personnelle que d'entretien de ses prairies, une cinquantaine de brebis. Mais l'hiver, Germain, c'était un autre homme. Le jour, il vivait seul dans cette immensité blanche, coupant du bois « pour se chauffer deux fois... », s'accroupissait sur les pattes arrière, histoire de souffler et se redressait soudain dans l'air, le reniflant tel un ours. La nuit, il survivait dans la pénombre. J'avais frappé à sa porte. Sans un bruit, il était venu m'ouvrir.

– Ah ! c'est toi Tristan. Entre. On va inviter la lumière.

Il avait appuyé mon doigt sur l'interrupteur accroché au mur, à l'entrée. La cuisine s'illuminait, les ombres reculaient derrière les rideaux. D'habitude, il commençait par raconter des histoires ou des sottises. Je l'ai gagné de vitesse. Mes sujets de discussion concernaient les oiseaux, mon père Alex et quelquefois Maryse, mais ce soir-là, je lui ai confié un secret. Mon premier.

Depuis le décès de ma mère Blanche, mon père avait cessé de chasser. Le fusil pendait à un clou, au cellier, juste avant le couloir permettant de passer de la cuisine à la salle à manger. Je m'entraînais en cachette. Je tirais sur les bouteilles de mon père, les vides... Un jour auparavant, j'avais apporté un lièvre à l'auberge. Mon premier. Germain se grattait la tête, il faisait son sérieux.

– Dame ! un lièvre, déjà tu braconnes, mon gars. Quand est-ce que tu nous ramènes une tortue ?

Il jouait au malin, mais le petit soleil de la fable aussi lisait. Germain reprenait :

– Remarque, tu aurais plus de chance avec les corbeaux. À chasser seulement le dimanche.

Il essayait d'être drôle, de me détendre. Je crois que pour le dimanche, il ne savait pas. Il battait des ailes avec ses grands bras. Mon imagination faisait le reste. Comme le petit docteur des généralités, M. Ballant, croa ! croa ! après la messe, juste le dimanche, et tant pis si on n'est pas croyant. La vérité dans tout ça, c'était que ma mère Blanche avait pris le fusil pour me défendre.

Elle ne savait pas tirer. Pas les lièvres, encore moins les tortues. Elle était morte un dimanche sans avoir pu toucher les deux corbeaux, ceux que M. Vargas avait attrapés, en train de voler, dans une bijouterie à Marseille, un an plus tard. J'étais encore vivant, je devais apprendre à nous défendre, à nous protéger. Un peu gênés de la tournure que prenaient ces palabres, nous avions préparé des crêpes à la farine d'épeautre. Ensuite, Germain démarra le phono, la boîte aux assiettes qui tournent, en posant doucement le bras noir sur la première ride de la galette aux trente-trois tours. Nous écoutions ainsi, souvent du blues, sur son vieux phonographe. De cette musique, je parlerai... plus loin. À cet âge, je m'étonnais, j'entendais, je n'écoutais pas encore. Il m'apprenait à danser et à jouer des claquettes avec tantôt le talon ou le plat du pied. Je découvrais, par la musique, qu'il devenait plus difficile de tomber « arrêté ». Mon horloge battait sans boiter. Mais il avait beau faire, on ne peut jamais rattraper ses parents, ils avancent trop vite, on n'est pas nés en même temps. Maintenant je sais qu'il ne m'encourageait pas à les rejoindre, car me voyant me renfrogner, il m'avait dit :

– Tu sais, seul, on reste éveillé. Avec les autres, on s'endort.

Il était assez seul pour qu'on ne dorme pas de la nuit. Nous sortions sur le perron de la maison en bois, sous la lune. Une mer d'étincelles charriait ses petites pierres célestes entre les arbres. On aurait dit des saphirs. Ces étoiles rendues transparentes butinaient le feu du ciel et projetaient sa cire bleue sur le pardessus de neige emmitouflant le col du Négron. Les montagnes avec nous assistaient à ce spectacle. Elles se couchaient, l'une après l'autre, devant la Grande Ourse, sur les hauts pâturages : lentes figurines, tour à tour balayées, d'un jeu d'échecs. Il y a des piquets tout le long : des cannes blanches puis rouges, escortant le voyageur, sur la route du col de l'Homme Mort. Ce col a bien sûr une histoire à propos de cet homme mystérieux. Je ne la connais pas exactement, selon certains cela viendrait du temps de la résistance, pourtant il existait déjà bien avant la guerre. C'est bien connu, l'eau d'un lac attire l'eau de la pluie. Les arbres isolés attirent la foudre, surtout un orme, et l'hiver, avec toute cette neige, on a vite fait de glisser, de se perdre ou de s'abîmer dans les ravines, les éboulis et les fayards.

Ce même soir, avant de se coucher, Germain me conta l'aventure d'un cantonnier surnommé le Nez. C'était un petit homme racorni, pire qu'un fruit sec, et fatigué. Lui aussi, autrefois, avait connu la guerre et pris le maquis. Sa vie ressemblait à une passoire. Il arrivait tant bien que mal à colmater les trous du bord, mais au milieu, la fente n'en finissait plus de s'agrandir. Il avait tendance à caresser la bouteille. Un boit-sans-soif que la passoire de sa vie, en chute libre, absorbait puis laissait s'écouler, sitôt la boisson avalée. Un jour, il avait pris son tracteur et attelé sa benne à pierres. Sortant du village, en contrebas du col, il s'était arrêté chez le menuisier qui croquait les morts et clouait des planches pour fabriquer des manteaux en sapin. Le Nez avait emporté son cercueil avec lui... au cas où, et chargé à la verticale sa caisse à dormir debout dans la benne à pierres. Et chaque jour que Dieu faisait sans trop réfléchir, il partait pour aller travailler, entretenir la route du col. Un soir, encore plus rond que de coutume, il a glissé sur la pente verglacée. Une vitesse qui avait sauté – et donc le tracteur d'abord, lui et son cercueil, tous les trois sont allés se fracasser en bas de la combe et rappeler ou inventer cette (seconde) histoire du col de l'Homme Mort.

Germain avait le chic pour raconter comme lorsqu'on lit un poème aux enfants avant d'aller dormir. Et dans le lit voisin du sien, éveillé, à plus de 3 heures du matin, la lampe de chevet encore allumée, je ne pouvais détacher mon regard d'une photographie, sur la table de nuit, où on le voyait, en plein été, faucher ses prés. Son mulet était mort de vieillesse l'année dernière et, à plus de soixante-dix ans, le bougre rentrait tout seul son foin pour sa cinquantaine de bestioles. L'été, je l'avais vu tirer le râteau servant à regrouper le fourrage en tas.

Il s'attelait lui-même entre les deux brancards. C'était une vision étrange, au soleil couchant, que ce bonhomme trapu, petit bison à casquette, jouant au mulet et traînant un grand peigne monté sur des roues en fer, qui, lentement, alignait les andains sur la prairie.

Le lendemain, un mercredi, je n'avais pas école : l'après-midi je suis allé l'aider à « tirasser ». C'est un mot de chez nous, de la solitude, ni vu ni connu dans le dictionnaire. On l'apprend en forêt, par la force des choses. C'est simple, il faut prendre une chaîne et faire le tour des troncs abattus en la bloquant à l'aide d'une manille. Puis on enroule le reste de la longe entre l'épaule et la taille, en travers de la poitrine. Ensuite, ramassé sur les jambes, on déboule dans la pente – comme un sanglier – avec les troncs au cul. On « tirasse », comme dirait Germain. Le plus dur, c'est de remonter à vide. Aussi, en fin de journée, nous avions notre compte et, bien fatigués, nous nous tenions assis sur un promontoire avec, à nos pieds, la vallée silencieuse, indifférente, carrément une carte postale. Germain se roulait une cigarette.

– Dis, Germain, pourquoi tu rachètes pas une mule ou même un petit tracteur ?

– Suis au bout du rouleau, mon gars. Le peu que j'ai encore à accomplir, je crois en être capable avec les moyens du bord et tirasser ma vieille carcasse, tant qu'elle voudra bien suivre.

– Ou peut-être que tu n'as pas l'argent, j'ai avancé bêtement.

Il se fâchait :

– Tu es trop jeune pour comprendre. À la montagne, on ne montre jamais sa pauvreté. Ça lui ferait de la réclame. D'ailleurs, si tu ne veux pas te marier avec elle et un seau d'eau au-dessus de ton lit, tâche de ne pas oublier ce que je viens de te dire.

D'accord, j'étais un jeunot, mais le récipient d'eau placé en haut du lit m'intriguait. Cela n'annonçait rien de bon. Je lui ai demandé de préciser :

– C'est une image, un peu comme une source d'où coulent les larmes. Si tu laisses les larmes dedans, ça provoque un gros chagrin qui campe en haut du lit et qui ne te quitte plus.

La nuit, sur le canapé de Germain, à côté de la cheminée et fixant les flammes jaune et bleu, je repensais à sa tirade au sujet de la pauvreté et de la douche improvisée. À force de remuer la phrase, de la retourner, je l'avais polie aplatie, presque un galet. Je ne réussissais pas à l'ouvrir, à découvrir ce qu'elle signifiait. Alors je m'en suis servi comme d'un tapis volant, je glissais, prenais de la vitesse et arrivais sans prévenir dans la cour de notre première ferme. Le seau à chagrin y était peut-être resté. Je n'avais pas le temps ni le courage de vérifier car le sommeil me ramenait au *Cabaret des Oiseaux*. On avait bien fait de changer de maison. Notre ancienne ferme s'était vendue rapidement à un pro-menteur du mobilier, à la grande surprise des gens de la vallée. Le marchand de sommeil avait dû jeter le seau et les scellés au fond du puits. Et maintenant les enfants des villes, en vacances, y étaient un peu pâles mais à la fin d'août, tous ensemble ils repartaient, rouge homard et brun petit pain. À cause du soleil, ce magicien. Alors le centre fermait ses portes. La maison d'autrefois n'était plus, on pouvait même se demander si un jour elle avait existé. Depuis, je vérifie de temps à autre, au-dessus de mon lit. Rien. Je demeure persuadé que, là-bas, le seau à chagrin doit, chaque hiver, remonter du fond du puits.

8

C'ÉTAIT MA DERNIÈRE ANNÉE à l'école primaire du canton. Comme je l'ai déjà raconté, Mme Dunand, la directrice, nous apprenait le français. J'aimais bien apprendre avec elle. En plus, elle m'avait sauvé de l'école spécialisée, alors j'aurais cueilli les étoiles une par une dans le givre au matin si elle me l'avait demandé. Pendant les cours, elle se tenait assise à une table sur une estrade, avec des marches de chaque côté. Au mur – comme la voile d'un bateau de pirates – un tableau d'accroché et un bureau sans fond, en guise de coque : bref, une vieille école de montagne. Les élèves s'agitaient beaucoup. Surtout ceux de l'allée centrale, tentant d'apercevoir le haut des jambes de la maîtresse, ils n'arrêtaient pas de laisser tomber leurs crayons. Ils se redressaient, clignant de l'œil et gloussant pire que des petits veaux. Mme Dunand, sa tête restait calme sauf que, mine de rien, son corps, lui, s'énervait. Elle croisait, décroisait les jambes. Mon voisin avait fait chuter ma règle en fer. Exprès. Je me suis incliné pour la ramasser. Bien sûr, j'ai espinché moi aussi. Les autres disaient mater, je préfère espincher, c'est moins vulgaire et plus joli. En attendant, Mme Dunand a pu compter cinq élèves occupés à récupérer, l'un une règle, l'autre un stylo. Elle avait posé ses jambes à plat, fermé sa paire de ciseaux. J'étais le plus près, au premier pupitre.

– À quoi tu joues, Tristan ?

– Moi ? À rien, madame. Juste je ramasse ma règle.

– Tiens donc ! tu devrais imiter tes camarades. Discrètement. J'ai horreur des maladroits qui font du bruit. Ce soir, tu resteras une heure en punition, après la classe.

Les camarades riaient, à commencer par mon voisin. J'ai trouvé ça injuste, d'être collé tout seul. Même s'ils étaient punis souvent. Je ne comprenais pas. Pourtant Mme Dunand paraissait s'intéresser à moi. Elle restait à mes côtés pendant la dictée. Quelquefois elle me frôlait de sa hanche. Elle était petite, les cheveux soit en chignon, ou juste frisés, enroulés sur le dessus du crâne, comme si elle portait encore des bigoudis. Elle s'habillait toujours d'une veste noire et d'un chemisier blanc. Lorsqu'elle avait chaud, elle déboutonnait le haut. On se rendait bien compte qu'elle avait une grosse poitrine. Sa jupe noire était plutôt courte si elle était assise. Elle ne riait guère. Les plus grands disaient d'elle qu'elle était cruelle. Cet après-midi-là, je me suis promis de rechercher le mot « cruauté » dans le dictionnaire. Après la classe, je restai donc en colle, une heure. Elle m'ordonna :

– Tu vas copier cent fois : « Je ne dois pas regarder les jambes de ma maîtresse. »

Je me suis mis au travail. Tout en inscrivant « Je ne dois pas... », je pensais à ce que j'écrivais, je ne pouvais m'empêcher de faire le contraire. Elle corrigeait les devoirs, en face de moi, à son bureau, la jupe relevée, les jambes un peu écartées. Elle avait de beaux genoux, ronds et lisses, des bas qui crissaient comme de petits grillons, en haut de ses cuisses.

J'arrivais à la fin. Après, je comptais bien découvrir la cruauté dans le Larousse. C'était le dernier « Je ne dois pas regarder les jambes de ma maîtresse ». J'ai ajouté : « C'est dommage, je trouve qu'elles sont belles. » Je me suis approché, lui tendant mon devoir.

– Tu as déjà fini ? elle s'étonnait.

– Oui, madame.

Je transpirais. Elle a repris :

– Voyons s'il n'y a pas de fautes d'orthographe.

Elle lisait, « Je ne dois pas... », les cent fois, en entier et, à la fin, ses joues sont devenues rouges. J'ai cru qu'elle allait me gifler. Elle levait les yeux de la feuille, des yeux qui riaient des autres. Je connaissais ce genre de regard. Elle s'est écriée :

– Ben dis donc ! Tu as du culot, pour un garçon de ton âge. Alors tu les trouves belles, mes cuisses ?

– Oui madame, j'ai reconnu, sans hésiter.

– Eh bien, tu vas pouvoir les contempler à ton aise. Approche. Mets-toi à genoux sur l'estrade, devant le bureau. Tu reprends ton cahier et tu écris cent fois : « C'est dommage car c'est la dernière fois que je les regarde. »

Elle a ri, ri d'une voix enrouée. J'ai su, pensé que ça n'était plus la peine de vouloir rencontrer le mot « cruauté ». Malgré tout, c'était la dernière fois. J'étais à cinquante centimètres seulement, je ne pouvais pas résister. Les jambes... elle les remuait, les entrouvrait, en les croisant l'une sur l'autre, ensuite elle changeait. C'était une sorte de danse quand, en un éclair, j'ai aperçu sur le haut de ses cuisses un menu morceau de tissu blanc. Sa culotte. Un poisson d'argent. Je me souvenais d'une partie de pêche où une truite avait bondi hors de l'eau, offrant son dos, ses écailles, à la lumière du soleil. Mme Dunand m'a repêché dans mon souvenir.

– Tu les trouves toujours belles ?

Ses yeux noirs luisaient comme du charbon.

– Oh oui, madame, toujours.

– Bon, ce sera notre secret. Mais ne te crois pas obligé de laisser tomber ta règle pour autant.

Pour cette dernière année à l'école primaire, je me débrouillais de temps en temps pour me faire coller. Des fautes d'orthographe, ou bien je me disputais avec mon voisin. Des astuces, des trucs ; les autres me prenaient pour un imbécile. Je les laissais s'égosiller. Petits cancres, petits cafards, moutons tondus à l'abreuvoir. Pour moi, seul comptait ce dernier secret. La directrice ne m'obligeait plus à copier cent fois « Les jambes de ma maîtresse », non, elle me laissait à ma place, au premier rang.

J'étais censé étudier des poésies. Boris Vian, Prévert. Je choisissais celle qui me plaisait le plus, ensuite je lui récitais. J'avais commencé par une citation : « Les enfants ont tout sauf ce qu'on leur enlève. »

Puis je lisais cet extrait d'*Histoires* : « Les premiers ânes. »

Quelquefois un lion venait qui mangeait un âne ; alors tous les autres ânes se sauvaient en criant comme des ânes, mais le lendemain ils n'y pensaient plus et recommençaient à braire, à boire et manger, à courir, à dormir.

En somme, sauf le jour où le lion venait, tout marchait plutôt bien.

La dernière fois, juste la veille des grandes vacances, elle était vêtue d'une robe rouge, un peu courte. Il faisait très chaud. Dehors comme dedans. C'était étrange, je remarquais qu'elle ne portait pas de bas. Ses jambes dansaient en silence.

Pendant un moment qui me parut très long – grand, immense –, à l'image d'une forêt qu'on traverse, je n'ai plus pensé à rien. Arrêté, si souvent arrêté, mais au bord d'une grotte ou d'un gouffre, en tout cas je me l'explique ainsi : je regardais, contemplais, j'admirais. Après tout, chacun de nous possède un don. Prenez mes deux mères – première et seconde. L'une chantait, l'autre chante encore.

Mme Dunand aussi... avec ses jambes. Allez, petit soleil, petit Tristan, secoue-toi, entre dans la danse. Quand même, j'étais le seul garçon à pouvoir les écouter, les regarder danser, longtemps.

Cette dernière punition, je me la rappelle comme si c'était hier.

Elle m'a gardé une ou deux minutes dans le silence, ainsi, sans bouger ni parler. Elle s'est levée de son bureau, s'est approchée de moi. Elle avait une odeur de lilas en sueur.

– C'est la dernière fois qu'on se voit, petit Tristan.

Elle s'est assise à mes côtés. Je voyais ses beaux genoux ronds palpiter tels des cœurs hors de sa jupe.

Mme Dunand avait abandonné la cruauté ? Avec ses bas. Sans doute à cause de la chaleur. Elle semblait émue. Elle a posé un petit paquet sur mon pupitre.

– Tiens, c'est pour toi.

J'ai déchiré rapidement l'emballage. C'était un livre. *L'Écume des jours*, de Boris Vian. Je l'ai feuilleté et suis tombé sur la page 84. « Alise regarda Colin avec tendresse. Il était si gentil qu'on voyait ses pensées bleues et mauves s'agiter dans les veines de ses mains. »

J'avais également un cadeau un peu particulier à lui offrir. Je me suis levé. Sans mot dire et à sa grande surprise, je suis sorti dans le couloir. Cinq minutes plus tard, je revenais avec une boîte de clous et du contreplaqué. Je m'agenouillais devant son bureau.

– Mais qu'est-ce que tu fabriques ? elle a questionné.

– Je ne serai plus là pour veiller sur vous, alors je vais vous protéger des regards.

Elle riait.

J'ai donc colmaté la piste de danse. Je garderais le souvenir de ses jambes pour moi seul. Tout de même, je ne voulais pas passer pour un ingrat et j'ai fait une petite fleur à mes camarades. Sur le panneau, j'ai agrafé un poster découvert dans une malle de Maryse.

Elle m'avait permis de le prendre et je l'avais affiché dans ma chambre. On y voyait Marilyn au-dessus d'une grille. Un vent soufflait dessous sa robe, s'envolait de ses jambes, elle se gonflait comme une voile.

– Ils ne perdront pas au change, elle a dit.

Décidément, elle était de bonne humeur. Elle se relevait, regardait sa montre.

– Tu devrais partir, à présent. Tâche de bien travailler au collège.

Mme Dunand me serrait contre elle. Fort. Je serais bien resté comme ça longtemps. Une petite éternité.

– Tu vas me manquer, petit curieux.

– Vous aussi, madame.

Et j'ai respiré une dernière fois son odeur. Je repense souvent à elle depuis et avec reconnaissance, je ressens aussitôt son parfum mêlé, mélangé au musc de son corps. Une odeur de feuille tombée sans réfléchir de mon arbre, découverte, évanouie au détour d'un chemin inconnu. Menue feuille enfouie dans la paume d'une pierre, veine de bois gravée sous verre, en souvenir, sur le dos d'un galet de rivière. Forte odeur de terre brune en automne. Quelque chose de précieux – ni cruauté ni douceur, sentiment non avoué qu'on prend et emporte en soi. Un bouquet de ferveur, une pensée pour vous, promis madame ! Je ne vous oublierai pas.

Dans la rue, je courais, courais pour ne pas manquer mon car. Et Prévert me donnait des ailes :

En sortant de l'école
nous avons rencontré
un grand chemin de fer
qui nous a emmenés
tout autour de la terre.
Dans un wagon doré
nous avons rencontré
la mer qui se promenait
avec tous ses coquillages

9

On a souvent considéré que j'étais lent. Au collège, pourtant, je suivais à peu près, sauf en physique et en mathématiques. J'avais du mal à calculer, à retenir les théorèmes. Je me laissais influencer par ce que j'apprenais en français. Tenez : vous additionnez les mots et suivant comme on les écrit, cela ne signifie pas la même chose. Alors dites-moi pourquoi deux et deux feraient toujours quatre... ou, à la rigueur, vingt-deux ?

J'en avais causé avec M. Jourdain, le docteur de la tête. Il avait compris. Il comprenait tout, cet homme. Il m'avait révélé « que la réalité des chiffres avait besoin d'être prise comme une certitude, sinon elle ne représentait qu'une vue de l'esprit ».

Sorti pensif – comme d'habitude – en attendant le car, je feuilletais mon livre de poésies. Je suis tombé en arrêt devant une citation de Paul Éluard : « La terre est bleue comme une orange. » Pour moi, c'était la preuve par neuf, en plus visible, plus lumineux. À la prochaine visite, je prouverais au docteur de l'esprit que deux et deux ne font pas que quatre, ni même vingt-deux. Et la poésie, M. Jourdain, en vers ou en prose, la poésie ! Qu'en faites-vous, avec votre papillon empaillé ? La géographie aussi me passionnait. Chaque nuit, de treize à seize ans, je me suis endormi dans un pays ou un continent différent. La boule bleue et ronde, à côté de ma lampe de chevet, avec ses mers, ses monts, ses océans : je la tournais. Encore et encore. Je parcourais l'atlas, replongeais dans les livres, me reconnaissant dans ce magicien de mon enfance : celui qui présentait le tour du chou vert sortant d'un chapeau noir. Le gros bonhomme au pantalon en accordéon le secouait et il en pleuvait une liasse de billets. Pareil, la géographie relevait de la magie, vous caressiez la boule bleue, d'une pirouette, vous deveniez de race blanche, rouge, jaune ou noire. Cosmonaute, trappeur, cuisinier ou chanteur de blues. Au choix. Mon professeur de français, également de géographie, s'appelait Mlle Sergent. Une grande bringue, maigre et timide. Le devant du bureau était fermé. Personne ne laissait chuter les crayons. Elle nous donnait à étudier les poètes : surtout les mal-aimés. Rimbaud, Verlaine, Lautréamont, Baudelaire, etc. La majorité des élèves s'ennuyait. Mlle Sergent circulait, ombre efflanquée, entre les tables et Richard surnommé Riri, mon nouveau voisin, lâchait entre ses jambes une petite souris grise. Mécanique. Pas une vraie. « Peu importe, la symbolique demeure la même », aurait affirmé M. Jourdain. Mlle Sergent remontait dare-dare sur son perchoir. Pour en finir, elle collait toute la classe. Je pensais souvent à Mme Dunand.

Dans la cour du collège, je jouais un peu avec les autres, au basket ou au football. Autrement, je lisais sur un banc. Une phrase me suffisait à passer la récréation sans m'en apercevoir. « Le ciel est par-dessus les toits » ou bien celle-ci, de Max Jacob : « Portrait de grand-père. Une tête de bœuf qui fume la pipe. Les enfants sont ravis. Grand-père est vexé. »

Je n'avais jamais connu de grand-père. Le seul que je connaissais, mon père-grand de rechange, c'était Germain. Il lisait un peu. Plutôt les romans. De la poésie ; il pensait que ça revenait à prendre un raccourci au lieu du chemin tracé que les autres se contentaient de suivre. Il y avait une fille brune, sentant la réglisse, de deux ans plus âgée, en classe de troisième. Elle me rejoignait parfois dans la cour. J'adorais l'entendre réciter, réviser ses poèmes, avant l'interrogation écrite... Elle lisait bien, Sandrine. Elle et moi voulions devenir professeurs. De français. Je ne sais pas pour elle, mais je réalisais que j'aurais du mal, à cause des mathématiques. Les chiffres n'aiment pas les raccourcis que les images prennent à la place des pancartes et des colonnes, sur leurs chemins bien droits.

Dans ce collège de Sisteron, je ne me connaissais guère d'amis. Juste des voisins de classe : merles moqueurs, brutaux, ou bien corneilles déjà au régime, en cage devant la télévision, rêvant le lendemain de devenir célèbres. Tout le contraire de mes compagnons volatiles, à l'auberge, qui eux méritaient le nom d'oiseau. Je devais en supporter un, en troisième avec Sandrine. Il faisait son malin. Un nommé Sylvain, âgé de seize ans. Il redoublait. Les études le poursuivaient – comme on dit – et en sport, à la course, il était bon. On s'y croisait une fois par semaine. Le professeur de gymnastique regroupait nos deux classes pour monter une équipe de foot. Sur le terrain, Sylvain jouait à l'avant, je gardais les buts. J'aimais cette idée et aussi le mot de garder... sans oublier de plonger. Savoir que je pouvais arrêter le ballon et, du coup, arrêter l'équipe d'en face, me procurait une grande satisfaction. Par contre, Sylvain, la douche, il se débrouillait toujours pour la prendre à côté de moi. Il interpellait les autres, en criant :

– Venez les gars, venez ! Visez-moi ce blaireau. Le poète à la tête qui dort et qui joue au foot comme un pied. Un petit pied, mais il a un joli cul. Montre, fais voir ta queue !

Ou encore il laissait tomber le savon par terre. Il s'arrangeait pour se placer tout contre moi lorsque, à demi courbé, je le ramassais. Enfin, ce genre de trucs idiots. Je ne réagissais pas. Le reste de l'équipe riait. Ils en devenaient vilains. Je ne goûtais pas trop leur humour.

Une fois seul, à la maison, j'examinais ma « queue », le robinet – comme le surnommait Blanche, ma mère première. La queue c'était un mot de la bouche qui tord. Le dictionnaire, lui, parlait de pénis. De queue, je n'en connaissais qu'aux animaux de ma ferme. Cassis le cheval, les moutons, ou encore Milo le chien. J'avais remarqué, lorsqu'elle se dressait, que leur poil se hérissait. Pour moi cela traduisait l'attitude, le comportement d'un animal inquiet, à cause de la peur ou de la colère. Je voulais en parler à Maryse, ma mère-belle, ma mère seconde. Soi-disant qu'il faut dire belle-mère, Blanche étant et demeurant ma seule maman, mais c'est aussi valable pour elle. En plus, mes mères sont belles toutes les deux. Ce qui explique que j'ajoute première ou seconde. C'est important les mots... Où j'en étais ? Oui, je voulais en discuter avec Maryse, des queues, du robinet le pénis et de l'animal inquiet. Mais j'étais encore trop jeune. Je n'ai pas osé.

Le lendemain, dans le couloir de l'établissement, Sylvain me rattrapait.

– Alors p'tite tête, dis voir, t'es encore puceau ?

J'hésitais. Je ne connaissais pas cette expression. Au dessin que décrivait sa bouche tordue, je me rendais compte que ce n'était pas, de sa part, un compliment. Plutôt une insulte. Les pensées s'échappent de la tête par les lèvres et certaines les retroussent comme des babines. Ça me permet de trier les bonnes des mauvaises. Lui aussi semblait réfléchir. Il calculait. Puis il m'a dit :

– T'entends, p'tite tête ? Ça te plairait de venir à une tournante ?

Je ne voyais pas de quoi il parlait.

– Pour quoi faire ? j'ai demandé.

– Quel naze !

Il ricanait. Sa bouche se tordait de plus en plus. Il devrait faire attention, il pourrait avaler sa langue.

– Tu verras bien, il reprenait. Avec toi on sera quatre. Gaël, Vincent et nous deux. La fille, Sandrine, c'est ma meuf, elle est bonne. Tu seras pas déçu du voyage.

Sandrine, je la connaissais un peu. Elle n'avait que quinze ans mais en paraissait plus si, dans la rue, on la comparait à des filles de dix-huit ou vingt. Elle pensait que j'étais le seul garçon à qui on pouvait causer de poésie et, selon elle, je regardais les filles gentiment.

Alors j'ai décidé d'y aller. Pour comprendre. Pourquoi, d'après ce Sylvain, elle était « bonne » à tourner. Pour moi, c'était un autre monde. Un peu comme la géographie. En plus inquiétant. Cependant, j'étais embarrassé, indécis. Sandrine, je l'avais observée, entre les cours. Lorsqu'elle ne me tenait pas compagnie, Sylvain et les deux clampins – Gaël et Vincent, des brutes, des grands eux aussi – tous se pavanaient. Ils n'arrêtaient pas de crâner, de faire la roue comme des paons, en moins gracieux. J'avais l'impression que cela ne lui plaisait guère. Elle me le confiera par la suite. C'était un mensonge. « Sylvain, tu rigoles, c'est pas mon mec. » Non, elle les fréquentait parce qu'ils avaient de quoi fumer et des disques intéressants. Elle les suivait de temps à autre avec une ou deux copines, en fin d'après-midi. Ils se retrouvaient dans un garage appartenant au père de Gaël. Pas très loin du collège, un quartier HLM surnommé « Bois-Joli ». Tu parles, de là à prendre les HLM pour des arbres...

J'étais arrivé en retard. Jaugeant la scène, j'ai d'abord eu envie de faire demi-tour. Le garage était vide, plus aucune voiture. Sandrine, la seule fille, était allongée sur un matelas gris et sale. À côté d'elle, un cendrier plein de mégots, des cigarettes roulées à la main, des verres, une bouteille vide. On aurait pu croire qu'elle dormait les yeux ouverts. Gaël et Vincent lui maintenaient les bras. Sylvain, il était couché sur elle. Il grognait. Sandrine avait les yeux fermés, maintenant – enfin, à ce moment-là. Sylvain lui bouclait la bouche d'une main. De l'autre, il essayait d'écarter ses jambes. Elles bougeaient dans tous les sens. Je comprenais, à sa façon de les remuer, que Sandrine ne voulait pas tourner. J'ai bondi, relevé le faux copain en le tirant par les cheveux. Il s'est débattu et a hurlé :

– Qu'est-ce qui te prend, débile ! Je vais te massacrer.

Sauf qu'à force de travailler dans les champs, j'étais devenu costaud.

En plus, c'était plus fort que moi, depuis l'âge de six ans j'avais toujours défendu les filles. Quitte à recevoir de sacrées raclées. Aussi, lorsqu'il a voulu me frapper, je lui ai accroché le poignet. Il est tombé à genoux ; un chiffon sale avec sa bouche qui se tordait, tellement, tellement fort je le serrais. Je m'attendais que Gaël et Vincent le défendent, mais non, ils ne bougeaient plus. On aurait dit des nains de jardin. J'ai lentement relâché ma prise. Sylvain se redressait tant bien que mal. Il me fixait, les yeux féroces. Pour en finir, ils sont partis tous les trois, jurant qu'ils me feraient ma fête sous peu. J'ai répliqué que jamais personne ne m'avait souhaité ma fête et je ne comptais pas commencer avec eux.

Assise sur le matelas, Sandrine pleurait. Sa poitrine se soulevait. J'ai attendu un instant puis je l'ai aidée à se remettre debout.

– Sandrine !

– Oui.

– Il faut rentrer chez toi. Je vais t'accompagner.

– Non, non... Ça va aller. J'habite pas très loin. Une fois dans la rue, je risque plus rien. Merci Titi. T'es vraiment gentil.

La première fois, mis à part ma mère, que l'on me surnommait Titi. J'ai repensé à Blanche et fermé les poings. Peut-être que ma mère Blanche ne voulait pas tourner. Je n'avais pu m'expliquer ce que les deux évadés de la prison de Gap voulaient, en fin de compte. M. Vargas, l'homme aux menottes, après leur capture, m'avait révélé, au procès, qu'ils étaient tombés en panne avec une voiture volée. L'un d'eux connaissait bien la région, ils avaient fui par la vallée de la Méouge, marché dans la montagne, avant de tomber sur notre ferme. Ils espéraient ainsi éviter les barrages, trouver chez nous un autre véhicule, de quoi manger et même, qui sait, un peu d'argent pour ensuite redescendre sur Marseille. Le docteur de l'esprit prétendait que ma mère avait pris le fusil et voulait me défendre, quand j'étais entré dans la salle à manger, car l'un d'eux pointait son revolver sur moi.

Bizarrement, M. Jourdain ne s'intéressait pas à l'autre, sur le canapé. J'ai soudain entendu une voiture s'engager dans l'allée, devant l'immeuble. Sandrine devait déjà être loin. J'ai vite escaladé le petit mur de séparation, j'ai sauté et me suis rétabli sans mal de l'autre côté, dans la cour d'une autre HLM.

Je courais, me souvenant du car. On n'avait qu'une heure de battement après la sortie du collège, il n'attendait jamais au-delà de cinq minutes. En principe, il démarrait tous les jours de la place de la mairie. Je l'ai manqué. Heureusement, j'avais appris à téléphoner au monde muet des montagnes. J'insistais. Mon père a fini par décrocher. J'inventai l'histoire d'un copain malade que j'avais ramené chez lui. Après je m'étais perdu... et mon père riait du rire de celui qui n'en croit pas un mot. Furieux, il raccrocha. Une heure plus tard, tout en conduisant, il m'engueulait presque tout le long du trajet. Avant de franchir la porte de l'auberge, il m'a lancé :

– Petit, va falloir te reprendre. Tu commences à mal tourner.

J'avais revu Sandrine. Elle arrêtait de fumer. Elle parlait sans arrêt, disant que Sylvain, Gaël et Vincent continuaient de la harceler. Si elle y repensait, elle avait envie de vomir. Les garçons étaient tous les mêmes. Comme moi, face aux gens qui venaient mater la femme la plus grosse au monde, devant la ménagerie. Je ne disais rien, j'écoutais. Je l'accompagnais. Elle habitait avec sa mère un logement de fonction de l'ancienne scierie, derrière la gare. La scierie avait fait faillite. Son père y travaillait comme gardien. Il venait d'être licencié et les quittait, maintenant. Elles allaient être expulsées. La mairie leur proposait un deux-pièces cuisine dans une HLM.

– Où ça ? j'ai questionné.

– Au Bois-Joli...

Sa mère ne comprenait pas pourquoi Sandrine refusait d'y aller.

– Tu devrais tout lui raconter, je lui disais.

Sandrine secouait la tête et la rentrait dans les épaules. Comme un animal blessé. Je n'avais pas insisté.

Le soir même, je tentais d'apprendre une récitation. Pas moyen. Je pensais à Sandrine. Les mots dérapaient, se mélangeaient. Au départ, il était question de :

Trois canards, une colombe
Les ailes repliées sur un mouchoir
Dans les poches trouées
De la nuit noire...

et je lisais, à haute voix des bouts éparpillés du texte.

Je récitais : « Trois connards et une jeune fille blanche... » Ça n'allait pas du tout. Je respirais le bruit des mots, de la colère. Je me suis levé, prendre l'air. Marchant dans la combe fraîche et silencieuse où coulait la rivière, j'observais par en dessous la butte du *Cabaret des Oiseaux* ainsi que sa tour et ses arbres. Je songeais au Bois-Joli. Puis, entre les rideaux de brume que le vent – aux nuages attelé – dispersait, les yeux à demi fermés, j'ai considéré sous un angle différent cet ensemble composé de l'auberge, de notre maison, d'un atelier, des écuries et aussi d'une vieille grange inutilisée. Je n'en percevais plus les contours ni la fin. Le hameau se tassait sur lui-même. J'aurais aimé remonter de la rivière sur la butte, avec Sandrine, et couper ce hameau en deux, le hach(er)-elle-aime, elle aimerait sans doute le traverser, l'habiter peut-être, qui sait : il me paraissait cousu d'une seule main. Je cherchais de l'aide, je devais avoir besoin de la seconde main de mon père. Je suis revenu à l'écurie.

Alex donnait le foin aux brebis. Sans un mot, je passai les bottes. À la fin, n'y tenant plus, je me suis campé en face de lui.

– Toi, petit, tu as quelque chose sur l'estomac que tu as du mal à digérer.

Je lui ai avoué. L'histoire de la tournante, la scierie, Sandrine et sa mère, le Bois-Joli, tout.

– Je préfère cette histoire même si elle n'est pas très gaie. En plus, je parierais qu'elle est vraie.

Sa main calleuse est venue fourrager dans mes cheveux.

Quelques jours après, nous avions « séché » les cours : Sandrine et moi nous nous promenions en ville. Cela m'amusait, tout en marchant, de rester au chaud à l'intérieur du verbe « sécher ». Les cours étaient tout sauf humides. Les rues s'emboîtaient, et avec elles, la neige sur la citadelle, le fleuve en contrebas déployant son bras pour les clochards frigorifiés sur les berges et Sandrine, étrangement silencieuse... bref, nous étions revenus sur nos pas par le plan d'eau déserté.

– On dirait un orphelin dans sa baignoire, je plaisantais.

Elle me prenait la main. Nous arrivions sur la place de la mairie, maquillée, avec des guirlandes. C'était la fin de l'année, un manège s'élançait vers le ciel. Des entonnoirs attachés à des poteaux – des hauts et beaux parleurs – recrachaient de la musique collante comme du sirop. Les cheminées endormies fumaient dans un ciel bas. Sandrine a lâché ma main. Alors j'ai toussoté, puis je me suis jeté à l'eau :

– Tu sais, j'ai discuté avec mon père. On a une vieille grange dont on ne se sert pas. Il y a du travail pour la retaper, mais les toits et les murs sont en bon état.

Elle a repris mon bras.

– Vous êtes gentils. C'est trop tard. On s'est décidées, ma mère et moi. Nous n'avons plus rien à faire ici. Ça devient intenable, dans la rue, au collège. Je vais partir plus bas, dans le Sud. Voici mon adresse.

Elle me la tendait, avec un sourire désolé. Sur l'enveloppe figurait le nom de la rue, de la ville, plus un cœur dessiné et un : « Au revoir Titi », les pointillés et le chagrin, en guise de carte de visite.

Sisteron n'était qu'une ville froide, la porte des Hautes-Alpes transformée en courant d'air, un cheval nerveux, une selle sous le vent, essayant de retenir le soleil. Au revoir Sandrine. Le petit soleil que j'étais aurait aimé faire partie de sa valise.

Depuis, je suis revenu à la scierie. Il n'y a plus personne. Pourtant, elle n'est toujours pas démolie. Les arbres sentent quand leur heure approche. Ça peut durer des années mais ils le devinent à l'avance car les nids sur les branches sont vides. Une fois encore, je longeais le grand bâtiment en brique. Un train venu des montagnes passait, talonnant la voie ferrée. J'avais levé la tête, en même temps un ou deux nuages faisaient du sur-place dans le ciel poncé, balayé, laissant là choir la fumée, sans la locomotive. Elle sentait la neige. J'ai pensé que ce serait bien de ne pas louper mon car. J'aimais ce voyage monotone et lent en hiver, assez long pour s'imaginer en route pour la Laponie ou la Russie. Cela variait en fonction du temps et des paysages. Un voyage assez mystérieux pour voguer vers un pays inconnu de la mappemonde.

La nappe du monde, disait Maryse, ce qui, en latin, était correct.

Je voyageais ainsi matin et soir. La lune froide de janvier nous escortait, balle bondissante devant les vitres, se déversant dans une mer de suie parmi le grand cirque des montagnes. Le car ronronnait comme un chat. Je descendais au carrefour, je parcourais une centaine de mètres et, tout à coup, la ferme-auberge du *Cabaret des Oiseaux* émergeait de la butte, au sommet du col, avec sa tour de pierre. Le car continuait, traçant son chemin entre les cannes blanches pour gagner le Vaucluse et le Ventoux. Pour moi, le chauffeur était un héros.

Sitôt arrivé dans la cour, je sifflais doucement. Le merle, en premier, sur le même ton joyeux et farceur, me répondait, fidèle à sa réputation de merle. Puis la corneille se prenait à jaser, pire qu'une commère. Elle s'appliquait à m'émouvoir de ses petits tracas quotidiens : le froid, mon père Alex qui l'injuriait en passant, rêvant d'en faire des brochettes, le merle chassant tout seul, etc. Elle attendait une réponse, alors je lui murmurais : « Viens, viens ma belle ! » et elle descendait en piqué boire au lavoir, à l'angle de la ferme, sous les tilleuls. Je me changeais, ensuite une seconde journée débutait. Je rentrais le bois dans la véranda, soignais le cochon, les poules, donnais le grain et le sel aux brebis. Enfin je triais les agneaux des mères pour la nuit. Repassant sous les arbres, j'allumais le plafonnier du perron afin d'éclairer la cour. Je sifflais deux coups brefs. J'entrebâillais la fenêtre du cellier et le merle, la corneille atterrissaient en silence sur les perchoirs. Je leur distribuais des croûtes de pain trempé dans du lait, vérifiant, avant d'aller me coucher, qu'ils n'aient pas froid. Ils ressemblaient à des ciseaux, les ongles et les plumes à la place des boucles, et, à demi fermés. Rajoutez une heure, presque, de devoirs, le repas à 8 h 30 du soir, le rire de Maryse et les silences de mon père, plus un peu de lecture ou de dictionnaire pour m'endormir... et vous obtenez le résumé journalier de la semaine d'un garçon de quatorze ans.

Le dimanche, c'était plus drôle. Maryse jouait au crocodile, le piano à queue de Germain ; et des sons tristes, lents, parfois gais et rythmés, en jaillissaient. Je me rappelle un de ces dimanches où elle chantait des mots plus difficiles que d'habitude. C'était de l'anglais. Les accords et les mots valsaient, swinguaient entre les tables, dans la grande salle, gigotant avec les clients. Germain se trémoussait lui aussi, puis il m'empoignait l'épaule en soufflant pire qu'un phoque.

– Espinche petit. Ouvre tes quinquets. Dommage que je n'aie pas mon tire-sur-tout-ce-qui-bouge car, même sans pellicule, on a là en instantané une photo du bonheur.

Germain et moi, à plusieurs reprises, tentions de savoir où et comment Maryse avait appris le piano et l'anglais. Elle se contentait de sourire ou bien, en plaisantant, elle répétait :

– Dans une autre vie, mes chéris. Une autre vie...

Un soir avant mes quinze ans, l'auberge fermée, mon père couché, Maryse, en robe noire, s'attardait. Elle a placé une page à musique couverte de sauterelles noir et blanc – une partition, je peux le dire, à présent – sur une liseuse et s'est installée au piano. Elle interprétait une mélodie lourde et lente, sans paroles. Je sus par la suite que le compositeur de cette musique s'appelait Erik Satie et il s'agissait de *La Valse du précieux dégoûté*. Pour moi, elle évoquait plutôt un ours en costume trois-pièces valsant à la messe de minuit au milieu d'une église. Enfin, je m'étais avancé dans le couloir. Puis, accroupi sur les talons, la tête dans les mains, j'avais, en écoutant la fin, j'avais eu envie de pleurer. Je repasse souvent le disque depuis et, à l'entendre sans jamais me lasser, je ressens toujours au début un peu de tristesse. La plus visible, celle que l'on peut montrer par un sourire, de la gentillesse teintée d'ironie. Comme si on n'osait aller plus loin. Je veux dire se rendre dans le vrai chagrin, ou mieux, la colère. Dans ma chambre, j'avais pris le dictionnaire Larousse et découvert : *Mélancolie*. « Les souvenirs du passé invitent à la mélancolie. Se dit de quelqu'un qui est dans un état de tristesse vague. Voir cafard. »

Là, je connaissais. Comme lorsque je plumais à moitié le canard, pour Maryse. Plus loin, dans le livre des mots pareils, je lisais : « Mélancolie : nostalgie, peine légère, papillons noirs. » C'était ça. Erik Satie et la mélancolie. Un mot qui ne voulait pas trop s'aventurer dans la tristesse. Depuis, je réalise ce que j'éprouvais en entendant Maryse jouer ce morceau au piano. D'abord on croit que Satie est triste et, celle qui l'interprète, donc Maryse, également. Puis c'est au tour du piano, à croire qu'en ouvrant la bouche, il se met à cracher des papillons de ses dents noires et à verser des larmes avec les blanches dans un beau sourire triste et un rien de malice.

10

J'AI BEAU ME MÉFIER DES CHIFFRES, il y a des fois où on doit s'en servir. On était en 1998. J'avais seize ans. Germain en comptait soixante-dix-sept, bien fatigués, du reste, et Maryse trente et un, alors que mon père, lui, en épuisait quarante-huit. Huit ans qu'ils étaient mariés. Ensemble et chacun de son côté. Mon vieux, quand il oubliait de boire, paraissait être passé dans le camp des moutons. Il n'en finissait plus de ruminer. J'en avais parlé au docteur de l'esprit. Il vieillissait aussi et je n'allais plus le voir qu'une fois par trimestre. Pour l'économiser. Ma tête depuis dix ans avait pris un abonnement... à sa présence, je m'étais habitué. Il portait cet éternel nœud papillon, en haut de sa chemise à col droit et sous le menton. Dans la conversation – je ne sais plus à quel sujet – il avait dit : « Tout le monde doit être proche de la nature, il y a une part de chacun de nous en elle... » et je lui rétorquais : « C'est à cause de ça que vous portez un papillon sous le menton ? » Il m'avait souri, un miracle, et, abordant le sujet de mon père, il avait demandé à le voir.

– Il est à nouveau victime d'une rechute, il avait déclaré.

Trois mois plus tard, à l'issue d'une visite, il entreprenait Alex, affirmant qu'il avait besoin d'un suivi et il lui conseillait, en prime, de se rendre à une séance des alcooliques anonymes. Du bout des doigts, mon père empoigna la petite carte où était notée l'adresse. Sortant de l'immeuble, il leva les bras en déclamant, comme une marionnette :

– Bonjour ! Je m'appelle Alex. J'ai plus envie de rien, alors je bois. Voilà.

De suite, changeant de voix, il s'était répondu :

– On t'aime, Alex. Et il avait repris son rire de celui qui n'en croyait pas un mot. Je ne savais quoi dire, si ce n'est « Moi aussi, même si c'est difficile ! ».

À l'époque, je ne connaissais pas cette association des gens qui boivent sans dire leur nom. Et qui le disent après. Je ne savais donc rien de leurs manières et surtout pas que « On t'aime, Alex » ou Jules ou Berthe, ça dépendait, constituait la formule consacrée. Ce qui m'inquiétait, c'était le terme de rechute. À part le vin des bouteilles qui chutait au fond de son gosier, je n'avais encore jamais vu mon père tomber.

Et, quelques jours plus tard, Alex m'avait frappé. J'avais oublié de désinfecter le cordon coupé d'un agneau. Il faisait une infection. C'était grave, sûr, de là à me gifler, à me pousser et me faire tomber à mon tour ; fallait vraiment qu'il se sente seul. Maryse m'avait défendu. Il était parti en criant qu'il en avait marre de nous, des moutons, de l'auberge, de tout, quoi ! J'avais réussi à sauver l'agneau mais je commençais à perdre mon père. Avec Maryse, il ne manifestait guère ses sentiments. Enfin, ceux qu'on aimerait surprendre de temps en temps, comme lorsque ma mère Blanche s'asseyait sur ses genoux. Jamais Maryse n'en parlait ni ne se plaignait. Je souris en évoquant ce mot. Justement, Blanche, avec mon père, elle plaignait... Les mots ont bien plusieurs sens. Encore une preuve par neuf, M. Jourdain, docteur des chiffres et des lettres. La vérité, c'est qu'Alex et Maryse se comportaient en merle et corneille. Chacun sur sa branche. Mon père, les champs et ses moutons – mais je m'en occupais de plus en plus à sa place – et Maryse : l'auberge du *Cabaret des Oiseaux*. Alex s'absentait, prenait la camionnette dès le matin, ensuite, on ne le voyait plus de la journée.

Cela devenait difficile de continuer les études... Sitôt rentré, j'aidais Maryse puis je m'occupais du troupeau. J'allais même labourer, les soirs de pleine lune. Nous possédions une grande pièce de terre noire qui s'enfuyait derrière notre ferme pour aller, sur un plateau, se mélanger au ciel. Elle était très pentue, dangereuse. J'aimais voir les sillons s'empiler les uns après les autres, comme des rondins, et aussi capturer, de mon tracteur, la lune rouille dans les vitres de la cabine. Lorsque je terminais en fourrière, au bout du champ, je la voyais danser sur le pare-brise. J'éteignais les phares et entrouvrais la vitre, espérant pouvoir l'emporter avec moi dans la nuit.

Je me suis vraiment intéressé au blues cette année-là car, avec Germain, vous le savez, je faisais des claquettes. Il adorait encore se déhancher sur cette musique. Celle de sa jeunesse, lorsqu'il était guitariste.

Pour moi, le blues, c'était un paysage intérieur... J'écoutais la mélodie, je voyais la pluie tomber sur la mélancolie. Chaque note se glissait sous ma peau frémissante, puis dans ma tête se dessinait le paysage à colorier. Comme dans un livre d'images. Je ne comprenais pas encore tous les mots mais les sons m'étaient familiers. Ce qu'il y a de bien avec les chansons en anglais, en américain, c'est que vous pouvez fermer les yeux. Les mots s'effacent. Vous ne vous intéressez guère à leur sens. Simplement, ils continuent de vous pousser, à l'image des vagues. Ils vous emportent. La voix devient un bruit de l'âme, les sons défilent et la tristesse vous gagne, on dirait une tristesse d'oiseau. Celle qui chante triste et gai en même temps. Germain me montrait parfois des paroles traduites en français :

Je vais aller près de la rivière
Je vais aller près de la rivière
Et m'asseoir sur les galets
Regarder l'eau monter
Laisser le blues me prendre
Le blues me bercer.

Il jouait souvent des airs à la façon de Kelly Joé Phelps, un chanteur du Sud des États-Unis, la guitare bien à plat sur les cuisses. À force de l'écouter, de penser à ma mère Blanche, j'avais écrit ces paroles pour elle :

Il y a encore un arbre, même deux
À côté de l'ancienne maison, m'man
Où tu peux m'entendre chanter
Moi, le merle et la corneille

Il va faire nuit, j'ai envie de chanter
Je sais que tu m'écoutes, le vent tourne
Tourne autour des arbres, ne sait où aller
Je vois tes yeux dans les cheveux du vent

Il y a un arbre à côté
Même deux, m'man
Un arbre à côté
De la nouvelle maison
Où tu peux m'entendre chanter

Appelle les voisins, les voisines
Au parloir du ciel, m'man
Lave-leur les oreilles
Pour qu'ils m'entendent chanter.

Ce matin, le soleil brillait sur la rivière
J'ai chanté, toutes les heures
Avant de donner cette chanson pour toi
Cette chanson pour toi au facteur

Le facteur a rigolé
Fait mine de la prendre
Puis jeté la lettre à la rivière
Parti pire qu'un fantôme
En riant sur son vélo.

Il y a un arbre à côté
Où tu peux m'entendre chanter
J'espère juste une chose, m'man
Que la rivière saura où te trouver.

M'man, tu sais
Tu devrais défaire ton chignon
Mettre ton épingle à cheveux
Dans l'écorce des arbres
C'est sûr alors, m'man
Que tu recevras le courrier.

J'espère juste une chose, m'man
Que la rivière saura où te trouver.

En plus, c'était vrai. Je lui avais écrit. Peut-être que ma mère Blanche verra la lettre flotter au fil de l'eau et elle viendra la repêcher sur le dos d'un héron. Peut-être, ou bien elle retroussera sa robe avant d'entrer dans l'eau, elle tendra la main pour la cueillir comme une jolie écrevisse.

J'ai commencé à acheter des disques. J'allais en stop dans une petite ville à côté de Sisteron. Dans une rue interdite aux voitures, un Allemand, une queue de cheval derrière la tête, tenait une pièce à musique pleine de blues et de rock'n'roll. Je n'avais pas tellement d'argent mais je venais quand même. Je lisais tous ces noms magiques sur la pochette des assiettes qui tournent : Charley Patton, Leadbelly, Sleepy-John Estes, Robert Johnson, Jimmy Reed... John Lee Hooker ou encore

John Trudell le chanteur et poète indien, etc. L'homme à queue de cheval me permettait de les écouter dans sa cabine. C'est ainsi que je découvris Woody Guthrie qui composait des chansons simples mais sincères – elles allaient droit au cœur –, des chansons du peuple que les enfants pouvaient comprendre et fredonner à leur tour.

Pourquoi une assiette peut pas casser un marteau
Pourquoi, dis, oh, pourquoi ?
Parce que l'marteau il a la tête dure
Tiens, au revoir, au revoir.

J'avais offert le disque à Maryse en lui chantant : « La plus jolie fille que j'ai rencontrée. Elle se promenait toujours à mes côtés. Elle avait ouvert grande la bouche. Pas pour me remercier. Non, pour choper les mouches. » Elle a voulu l'écouter tout de suite. Ses yeux brillaient. Papillons blancs dans l'encre.

– *Mayo Sertsié*, elle a prononcé.

Je m'interrogeai sur le sens de ces deux mots. J'aurais aimé savoir si elle les disait aussi à mon père. J'allais ouvrir la bouche mais j'ai su d'instinct que pour ce genre de question il était sans doute trop tôt.

Je me suis mis à regarder Maryse un peu plus souvent. Mes yeux se déplaçaient comme des plumes sur son corps. Cela ne la gênait pas. Je la recouvrais, je ne la déshabillais pas. Pas encore.

Je grandissais. Mon père, lui, m'apparaissait plus petit. On aurait dit que l'alcool le réduisait à l'image qu'on se fait de quelqu'un qui boit. Qui se diminue. Ses épaules s'abaissaient sous sa tête mince et grise. Il ressemblait de plus en plus à une bouteille.

J'avais questionné Maryse :

– On dirait que ça ne va plus trop entre vous deux ?

– Comprends-moi. Je suis reconnaissante à ton père de m'avoir recueillie. Je l'aime bien et je ne l'aime pas. Pas autant qu'il le faudrait. Tu vois la différence ?

J'avais du mal. Elle continuait :

– Pour être franche, je n'ai jamais eu beaucoup de plaisir avec ton père.

Je réfléchissais. Mon père n'était pas facile à vivre. Même s'il me battait, j'avais connu du plaisir avec lui, quand nous allions ensemble à la pêche. Je l'ai fait remarquer à Maryse.

– Mais, bêta, je ne parle pas de ce plaisir-là.

Il existait donc plusieurs plaisirs. Je n'en revenais pas. « Au plaisir », les gens disaient. Mais lequel ?

– Je te montrerai un jour, elle a déclaré d'un sourire de grand enfant qui envisage de faire une farce. Moi, je voulais bien qu'elle m'enseigne son plaisir. Jusque-là ma vie n'avait pas été très gaie, enfin, dans l'ensemble.

Maryse a poursuivi :

– Il faut que tu saches. Ton père, quand il m'a épousée, il m'a sauvée. J'éprouve de la tendresse et de la reconnaissance à son égard. Mais pas de l'amour.

J'avais toujours du mal.

– Il t'a sauvée de quoi ?

– Je te le dirai plus tard. Tu es presque un homme même si tu n'as pas fini de grandir... il ne faut rien brusquer.

Je sentais mon cœur se serrer, mon corps se tendre, seul dans mon lit. Puis le jour se levait. Les mâchoires de la nuit se desserraient, relâchaient leur prise, me libérant le cœur. Ma tête cessait de tourner, tout redevenait clair, droit et joyeux. *Mayo Sertsié* n'était pas dans le dictionnaire...

Le lendemain, je me rendais à la salle de bains et, souvent distrait en fin de journée, je n'ai pas remarqué Maryse, se lavant, nue dans la baignoire. Dans la glace, j'apercevais mon visage et mes yeux se déplumaient pour se poser sur son corps. Elle chantonnait des mots étranges. Ce n'était pas notre langue. Ça ressemblait aux airs de merle ou de corneille, le matin, au soleil levant. Cela me rappelait aussi ma mère Blanche. Mon père choisissait de vivre avec des femmes qui chantaient. Avec Maryse, ça marchait moins bien. Ça ne l'empêchait plus de boire. Maryse s'est levée, des gouttes d'eau sur les plumes qui s'envolaient de la baignoire ruisselant le long de ses jambes, de son ventre.

– Passe-moi la serviette, tu veux bien ?

Je la lui ai donnée, tendant le bras en arrière, tout en continuant de regarder dans la glace.

– Tu peux te retourner, tu sais, elle a déclaré malicieuse. Elle s'approchait. Je l'ai dit, je grandissais, mais ma tête n'arrivait pas encore au-dessus de ses seins. Elle m'a pris dans ses bras. J'ai fermé les yeux puis fait un vœu. Quand je les ai rouverts, une goutte d'eau hésitait sur son mamelon gauche. Elle s'habillait, elle semblait contente.

Toute la nuit, j'ai pensé à elle. J'avais laissé la fenêtre entrebâillée. Mes deux oiseaux s'égosillaient depuis leurs arbres respectifs. Une pluie fine tombait, je penchais le visage pour en recevoir la caresse. Un moment, j'ai cru qu'il s'agissait de Maryse. Elle me caressait, fredonnant dans l'arbre. Le même air que jouaient les oiseaux dans les branches, chacun dans une des mains de ma mère-belle. J'ai réalisé alors au plus profond de mon être qu'un jour les branches se réuniraient.

Chaque soir, avant de m'endormir, je revoyais cette goutte d'eau coulant de sa poitrine. Le temps devenait cette gouttelette, un sourire ou bien une larme, je ne savais pas encore, mais j'y pensais très fort. Enfin, un jour d'été, un dimanche... mon père était parti à la pêche. Maryse faisait la vaisselle, elle portait juste une blouse blanche, le bouton du bas n'était pas fermé.

Je constatai qu'elle avait une combinaison bleu outre-mère dessous. J'arrivais dans son dos. Elle se penchait un peu, au-dessus de l'évier. J'étais presque aussi grand qu'elle, maintenant. J'ai posé mes mains sur ses yeux. Elle se redressait, sans surprise apparente. Je me suis rapproché sur la pointe des pieds. Mince ! toute droite, elle me dépassait encore d'une tête. Je sentais la chaleur de son corps – sa chaleur venir dans le mien. Comme une vague. Nous sommes restés là, elle de dos et moi contre elle : des statues, moins longtemps que je ne l'ai cru, tant cela m'a paru long. Aussi long que ces deux ans où j'ai dormi toutes ces nuits avec la goutte d'eau glissant sur son ventre. Je me souvenais de ses paroles dans la salle de bains.

– Tu es presque un homme, d'ici peu.

– Ah oui et quand est-ce que je le serai ?

– Le jour de tes dix-huit ans.

Elle avait ri. Le rire d'une promesse.

11

Le temps avait coulé. Je ne sais s'il convient d'écrire de la sorte, cependant c'est ainsi que je l'ai vécu.

Et ce fameux jour d'été, un dimanche... C'était mon anniversaire. Et les dix-huit ans : je les avais bien mérités.

Elle se retournait lentement. Mes mains ont quitté ses yeux, se sont croisées dans son cou.

– Bon anniversaire, Tristan !

Elle me déposait un baiser salé de sueur sur la bouche. J'ai eu envie de pleurer, de m'enfuir, la chaleur se faufilait dans ma tête et toute mon histoire défilait, venait heurter cet instant. Elle me maintenait serré. Sauf que ce n'était plus sa poitrine seule que je sentais – comme le jour où elle avait jailli de la baignoire –, non, c'était son ventre contre le mien. Ça m'étourdissait, toute cette chaleur, ce feu descendant y brûler. Aussi j'ai cessé de voir ma vie se dérouler. Je ne pensais plus à rien. Elle a murmuré :

– Mieux vaut que ce soit toi... plutôt qu'un inconnu.

– … ?

J'étais une fois de plus suspendu. Arrêté.

– Ton père et moi, ça ne va plus du tout.

Je restais silencieux. Elle m'apprendrait, plus tard, qu'à force de boire, Alex ne s'intéressait plus à elle. En amour, il allait trop vite, à croire qu'on ne pouvait oublier que rapidement. Et c'était le mot juste. Il n'avait jamais pu oublier ma mère première. Ce qui expliquait, sans le justifier, qu'il buvait comme un trou. Je peinais à le suivre dans cet état permanent de fureur qui l'amenait à me taper souvent. À dix-huit ans on est presque un homme. Et un homme ne peut supporter indéfiniment qu'on le tape sans réagir. Même s'il s'agit de son père. Il ne travaillait jamais à l'auberge et pas davantage à la ferme que je reprenais petit à petit. Je venais d'arrêter mes études. Ensuite, Maryse m'avait fait la leçon.

– Dans l'immédiat, faudra se comporter comme si de rien n'était. Ce sera notre secret.

Pas de problème. Et jamais deux sans trois. Je devenais un spécialiste du secret. Avec l'étrange impression d'être une branche tombée de mon arbre. Soudain, elle me saisissait par la main. Je suivais. Parvenue devant le lit d'une des chambres du *Cabaret des Oiseaux*, elle s'est raclée la gorge.

– Laisse-moi faire, cette fois.

Elle m'a retiré mes vêtements. Elle est venue sur moi. Effrayé puis ravi. Ensuite, tout a basculé. On apprenait vite avec Maryse. Enfin, voilà. On l'a fait, comme on dit. Sans s'en rendre compte – je parle pour moi – ça s'était passé, tout simplement. Ce n'était plus ma mère-belle mais bien ma belle-mère, désormais j'aimais Maryse comme une femme. Les deux branches de l'arbre s'étaient rejointes, emmêlées. Mon père est revenu de la pêche. Le soir, ils ont dormi ensemble. Le lendemain matin, j'étais agité, électrisé. Nous avons travaillé à la bergerie tous les trois, sans dire un mot, et à midi Alex est parti faire un tour en ville, il devait déjeuner avec un vieux copain à lui. À l'heure de la sieste, je cherchais Maryse. Elle n'était pas dans la chambre habituelle. J'ai compris que nous étions différents des oiseaux, qui, eux, conservent toujours le même nid. Je me suis allongé à ses côtés. Maryse avait un paréo très large qu'elle a dénoué, puis refermé sur nous, bien serrés.

J'étais en elle et nous remuions lentement comme les statues oscillent et se balancent lorsque le vent souffle, dans les parcs. Je ne me sentais plus m'appartenir, nous n'étions qu'un seul corps.

Plus tard, blottis tels des chiots, on s'écoutait respirer... Maryse a répété le mot. Celui de l'Est, pour la seconde fois. Elle ne voulait pas me le dire en français.

– Mais qu'est-ce que c'est ?

– Du russe, concédait-elle, d'une moue taquine.

Sauf que j'ai mené mon enquête. Suis allé tarabuster mon ami Germain. Le vieux berger connaissait un peu de russe. Il m'avait expliqué pourquoi. Enrôlé de force par l'armée allemande, ainsi que beaucoup d'Alsaciens, « Les malgré nous », il avait été déporté sur le front. Les Russes l'avaient fait prisonnier. Et de lui couper un doigt. Tout ça parce qu'ils n'arrivaient pas à lui retirer son alliance. J'avais du mal... mais je le croyais sur parole, d'autant plus que, totalement fasciné, machinalement, je contemplais sa main gauche.

Il m'avait traduit les mots magiques : *Mayo Sertsié.*

– Mon cœur, ça veut dire. Il riait. À propos, Tristan, t'as une copine russe maintenant ?

Secret de polichinelle, mais je ne voulais pas lui révéler qui c'était. J'ai vite changé de sujet.

Un mois s'était écoulé. Nous avions fini de récolter le blé et le seigle. Mon père conduisait la moissonneuse-batteuse de la CUMA... et je charriais le grain, en tracteur avec la benne, jusqu'aux silos du petit village au bas du col de l'Homme Mort. L'épeautre n'était pas mûre, il fallait attendre une dizaine de jours, cet entracte imprévu tombait bien. Mon père en a profité pour s'accorder une petite sieste. C'était le jour de fermeture de l'auberge. Nous n'avions aucun client et, pendant que Maryse remettait en ordre la salle à manger, je montais un muret en pierres sèches dans la cour.

Le soleil brûlait sur les chaumes, dans cette chaleur le moindre petit bruit transpirait. Aussi les ai-je entendus de loin. J'ai d'abord perçu le bruit de moteur puis vu la voiture, une Volvo, se garer à l'entrée du chemin. En contrebas de la butte du *Cabaret des Oiseaux*. Prête à repartir. Sûrement pas des clients. Deux hommes en sont sortis. Et là encore, comme si je revenais douze années en arrière, je les vois, les vois marcher. Je tremble et monte, monte dans l'un des tilleuls. Le plus épais, le plus fort. Je réalise que ce n'est pas le même, ce n'est plus l'arbre de notre première maison... à cause du merle, non loin de moi, sur une charpentière, silencieux. La corneille fait semblant de rien, elle sommeille sur une branche, en face. J'observe les deux types qui avancent, en dessous. Ils sont à l'affût. Je ne les reconnais pas. L'un est chauve, très grand, il tient un imperméable sous le bras. Il doit faire au moins trente-six degrés à l'ombre. Pourtant, il n'a pas l'air de quelqu'un qui veut plaisanter. L'autre est noir de peau, plus petit, il a une boucle d'oreille, elle brille. Il parle français avec un drôle d'accent, il dit :

– Il n'y a personne. Aucune voiture sur le parking.

Ces deux hommes ne sont pas les mêmes. Les arbres aussi sont différents. Je sens qu'ils ne viennent pas pour jouer. Même avec un imperméable en plein été. Ils sont sur la terrasse, entrent sans frapper... Cette fois, je ne reste pas en suspens dans mon arbre. Je descends, pense à réveiller mon père. Seulement, je dois passer par la porte d'entrée et atteindre l'escalier menant aux chambres. Je vais me faire repérer. Je choisis de traverser par le cellier, ce qui permet d'accéder sans être vu à la salle de restaurant. J'y suis. M'arrête, palpite, compte les secondes à l'aide de mon cœur qui bat – tchic, tchac –, bat et cogne et bat jusque dans mon poignet. Je suis à soixante quand j'entends crier. C'est la voix de Blanche, puis celle de Maryse. Le fusil, là, accroché au mur. Sur l'étagère, la boîte de cartouches. J'arme, fais ce qu'il faut, entrouvre la porte de la salle à manger. Je les vois. D'une main, le chauve tient Maryse par le cou. Soudain, de l'autre il la frappe au ventre. Le petit s'approche, il grimace, lui crache son souffle au visage.

– Boucle ta valise, Martha. Fais tes cartons car ta baraque va pas tarder à brûler. Vite !

Maryse, dans un hoquet, répond quelques mots. Sans doute en russe. Elle me les répétera plus tard, en prison.

– Y a nié ratchou viernoutsia vé Rossié.

Le chauve hoche la tête comme s'il était d'accord alors qu'elle pense le contraire. Un temps. Je revois ma mère

Blanche le fusil à bout de bras. Lorsque je refais surface, je retrouve Maryse, une valise à la main. Les deux types la poussent vers la porte, l'empoignent brutalement, elle se débat. Je ne suis plus qu'à une dizaine de mètres. Ils ne font pas attention à moi. Je cesse de trembler, vise et tire. Je tire, deux fois. Ils tombent au ralenti, sans bruit. Le chauve et la peau mate, étendus, sur l'imperméable. Maryse se tient la tête, des cris en sortent. Voilà. À toi papa. Rien, faut croire, il dort encore.

Le chauve avait laissé s'échapper une photographie, devant lui, les yeux grands ouverts. J'ai examiné la photo. C'était Maryse. Je ne l'avais pas envisagée habillée ainsi. Elle semblait affolée, traversant une rue, fuyant entre les feux follets rouges, oranges ou verts : les arbres des carrefours.

Elle portait une sorte de maillot noir en guise de robe très courte, des bas attachés au maillot par des rubans noirs, et paraissait plus grande dans des chaussures à talons hauts. Elle avait des trous à ses bas, elle débordait de la photo, comme si elle voulait s'enfuir. D'ailleurs, on ne voyait qu'elle, elle et une rue très large et des voitures. J'avais souvent eu l'occasion de l'admirer. Dans sa combinaison, en robe longue, à la cuisine, au piano, toute nue... or, là, je comprenais qu'il s'agissait de son costume de travail. J'ai songé à la phrase de mon père, lorsqu'il me l'avait présentée : « Maryse, elle vient des hommes, des bars et du froid. » Sur le cliché, il devait faire assez chaud pour qu'elle soit aussi peu vêtue. Ses cheveux étaient déjà noirs. (Elle m'avait confié qu'avant de venir en France, elle était blonde.) Peut-être qu'elle descendait d'un train. Je me suis emparé de la photographie, lui ai prise des yeux, au chauve. Je l'ai glissée sous ma chemise, contre ma poitrine. Maryse, hébétée, fixait un endroit inconnu, derrière moi. Essayons encore, à toi papa. Enfin, il est arrivé, les coups de feu l'avaient réveillé. Il s'est frotté les yeux en inspirant longuement. Inspire-expire, vas-y, papa ! c'est pas du délire d'homme très mince, non, juste la poisse qui nous rattrape. Il a considéré Maryse puis les deux types morts avec des yeux incrédules, avant de se diriger vers le téléphone.

Il appelait la police. M. Vargas, l'homme aux menottes et son adjoint, un certain Barnabé.

– Ne touchez à rien, on vient le plus vite possible.

Mon père nous l'avait annoncé à sa manière, puis il s'était renfrogné dans un coin. Je me faisais l'effet de l'homme invisible, à croire que j'étais absent de cette pièce ou alors je n'existais plus. J'aurais tant voulu qu'il me prenne dans ses bras. Enfin, il a levé les yeux, et je suis sorti, lentement, sans un mot.

La nuit m'entourait, fondant peu à peu son marbre noir, se dérobant à la rencontre de mes pas. Je marchais, le cœur en maraude. Un automate ou une pierre roulant dans l'obscurité, d'arbre en arbre.

Aucun bruit ne filtrait. Je ne savais pas où se cachaient mes oiseaux. Mon horloge battait à tout rompre. Puis la nuit s'est mise à l'absorber, à l'avaler. Je l'ai sentie battre à son tour, alors j'ai fini par jouer le rôle de la pierre, par calmer ma respiration et j'ai pu distinguer le bruit des phares, au loin, sur la route.

En courant, j'ai regagné *Le Cabaret des Oiseaux*.

M. Vargas, et son second, Barnabé, ont posé leurs questions. Le médecin les accompagnait. L'horloge parlante de la mort accomplissait sa besogne en silence. Il palpait les cadavres. S'il cherchait la photo, il en serait pour ses frais, il ne saurait rien du passé de Maryse. Et voici les deux toupies bleues : celles du phare qui tourne de l'ambulance et l'autre du fourgon des gendarmes. Douze ans après, le même décor, les mêmes gens et les mêmes gestes. Une seule chose de changée : entre-temps j'étais devenu moins lent ou plus rapide. J'avais appris à tirer. M. Barnabé a déclaré à mon père, les yeux exorbités – comme s'il parlait chinois – qu'on ne pouvait éviter de m'inculper. Il s'excusait presque. Il s'agissait d'un homicide volontaire quoique, probablement, en état de légitime défense.

Il leur fallait m'arrêter, m'emmener à la gendarmerie afin d'entendre ma déposition. Je serais jugé, mais d'abord j'avais droit à un avocat, au silence, comme dans les films, à des circonstances, à des nuances, à tout, quoi. Il désirait aussi recueillir les témoignages de mon père et surtout de Maryse.

Puis le rideau est tombé. Tous – les vivants et les morts – nous avons quitté *Le Cabaret des Oiseaux*. Mon père est parti sans se changer, en chaussons. J'entends encore, froissant le gravier, courir le bruit des pantoufles.

L'avocat se nommait Me Gilles. Petit, des lunettes, au tribunal sa robe devait traîner par terre, là, à la gendarmerie, il était en costume gris et cravate blanche. Il devait défendre une colonie de souris, tellement je le trouvais gris, gris de partout. Je lui avais raconté mon histoire. Il essayait de me rassurer, de se montrer gentil.

– Hélas, Tristan, ça ne pouvait que mal tourner. Tu as agi en âme et conscience. À ta place, j'aurais fait la même chose...

Je l'ai interrompu.

– J'en doute, monsieur. À ma place, vous n'y avez pas été et je crois bien que vous n'y serez jamais.

Il a eu l'air de vieillir d'un coup, ses cheveux imitaient son costume, ses épaules s'affaissaient et sa voix couinait.

– Tu vas passer en jugement. C'est la procédure. Je vais faire de mon mieux, je te le promets. Dis-toi bien que tu n'es pas seul. Tout le monde est avec toi.

J'ai réfléchi, revu le vent qui soufflait en altitude, pardessus *Le Cabaret des Oiseaux*. Il secouait le houppier des pins, se balançant en cadence et émettait des sons, petits bruits de l'air et des feuilles, de frottement. Des rires d'arbre. On est d'accord pour un peu de musique, ils semblaient dire, d'accord pour un chant, bleu. Le blues de la solitude. J'avais souvent étudié, tourné autour de ce mot. Je sentais ce qu'il signifiait. Tout le monde était avec moi mais, sous peu, je me morfondrais, seul dans ma cellule et quoi qu'en dise le petit avocat. C'était ça la solitude, le monde du blues. Chacun à sa place. Une petite, immobile ou arrêtée – prenant au mieux l'air dont elle a besoin. Un mince rôle dans le grand simulacre de l'existence, et cela n'avait aucune importance du moment que l'on se soumettait à cette stricte règle ou à cette notion des choses. Si vous restiez à votre place, alors personne ne s'en préoccupait. Vous pensiez être entouré des autres et, désormais, vous dormiez en tête-à-tête avec la solitude.

Lorsque j'écris ces mots, qu'on se comprenne bien, ce ne sont pas des mots savants naïfs ou bien stupides. Ce sont des mots tendus. J'écris pour ne pas tomber. Pour rester vivant.

M. Jourdain, le docteur de l'esprit, est venu me vérifier. Il devait rendre un rapport au sujet de ma santé. J'étais presque content de sa visite. Nous avons discuté de tout, de rien. En apparence. En sortant, il m'a posé sa longue main blanche d'épervier des neiges sur l'épaule.

– Je viendrai le jour du jugement. Tu peux compter sur moi.

Il m'avait déclaré en possession de mes facultés mentales. Me Gilles faisait la grimace.

– C'est à la fois bon et mauvais pour nous, il bougonnait. De la part de ce genre d'expert, cette affirmation tombe à double tranchant. Elle peut très bien renforcer, accréditer la thèse de la préméditation

Je ne comprenais pas grand-chose à son charabia. Quand on sait ce qu'on fait, peut-on mal faire ? J'ai gardé cette question pour moi.

12

J'ÉTAIS CONDAMNÉ À UN AN ET DEMI de prison pour homicide volontaire avec circonstances atténuantes... L'avocat des deux bandits avait plaidé malin, prétendant que la légitime défense ne saurait être retenue. Rien ne prouvait dans le comportement de ses clients, dont un parent proche, soit dit en passant, que Maryse était en danger. J'avais agi pour exorciser un traumatisme premier, etc. Me Gilles, mon avocat commis d'office, rappelait en détail ce traumatisme et, selon lui, il existait un lien flagrant entre les deux agressions. Mon père Alex, à moitié ivre, a déclenché un scandale, insultant l'assemblée.

– Vous devriez avoir honte ! il hurlait.

J'assistais à ce procès comme s'il s'agissait de quelqu'un d'autre cité à la barre. Je me faisais l'impression d'un figurant dans une pièce de théâtre où personne ne sait vraiment son texte et à qui on souffle, au fur et à mesure, les répliques.

Puis le juge, l'homme en robe noire, a fait lire la lettre des jurés du peuple. Dix-huit mois fermes. Les mots et les chiffres ont claqué, pire qu'une insulte. Maryse accourait, me serrait dans ses bras. Elle aussi s'indignait.

– Ce n'est pas juste, courage, Tristan. Je penserai à toi, tous les jours, je viendrai te voir le plus souvent possible.

Un an, plus six mois. L'avocat m'a certifié que j'obtiendrais une remise de peine si je me comportais bien.

– Un an, tout au plus. Ce sera vite passé, vous verrez. Un an et vous sortirez, il répétait, me vouvoyant, avec son air gris, son souris gris-tirez-le-par-la-queue-et-il-dit-à-ces-messieurs...

Une fois la peine remise, mais remise à qui, aux autres prisonniers ? la leur suffisait largement, fallait pas rêver. Bref, si je ne me trompais pas, une année comprenait trois cent soixante-cinq jours. À quoi allaient ressembler toutes ces journées ?

L'hiver approchait. Je voulais imprimer dans ma tête l'image-souvenir du *Cabaret des Oiseaux* suspendu dans le ciel, les arbres et la neige. Je voyais la cheminée crachoter sa fumée. Elle filait toute droite, en panache, dans le sillage improbable d'un train en route pour ma prison de Gap, dernière étincelle de vie dans l'air glacial. Dans l'espoir de m'adapter tant bien que mal à ma situation présente, j'essayais d'y ajuster ces anciennes sensations du dehors ; lorsque je marchais le long des hauts plateaux s'écartant sous le poids du ciel, de la butte qui abritait l'auberge. J'ai ressenti cette intuition furtive, qu'en une nuit, la neige peut vous séparer du monde. Il n'y a plus qu'elle, immaculée, déroulant son long frisson au pied des arbres. Elle et le rien. J'ai capturé et, dans ma cellule, transporté cette émotion étrange, devinant que seul dans un champ sans limites et maintenant si restreint, seul subsistait le vide. Un énorme vide. La seule alternative possible, dans mon cas, consistait à l'habiter, le remplir en écrivant. Écrire pour moi, combler le vide de mon histoire, permettait de briser la solitude, d'atteindre les autres et de les arrêter. Alors nous serions tous à égalité, immobiles, épaule contre épaule, avec ce besoin d'amitié.

Et que penser du fait que je sois incarcéré dans la même prison, à Gap ? Justement celle d'où les meurtriers de ma mère Blanche s'étaient évadés. On pouvait prendre la vie des gens de manière à la fois identique et différente. Ça pouvait vouloir dire la même chose : des mots tels qu'attaquer ou bien défendre. Douze années plus tard, j'espérais juste ne pas croupir dans la même cellule. Ensuite, je fermais les yeux et pensais à Maryse. Elle traversait le mur en face de mon lit. Quand je les ouvrais, il ne restait pour preuve de sa venue qu'une tache brillante, noire. Je revoyais sa chevelure de jais. Or je n'en avais jamais remarqué, de geai à l'auberge, ni aux alentours de notre première maison. Est-ce que les geais possédaient des plumes noires ? J'aurais voulu être un oiseau, venir me poser dans les feuilles ocre rouge des cornouillers et fleurir avec eux les escaliers du *Cabaret des Oiseaux*. C'était ça la prison. Une incessante conversation, un monologue à sens unique entrecoupé d'images, de dialogues irréels. Certains prisonniers ne le supportaient pas, ils préféraient se concentrer, se réfugier dans les menus détails, la vie entre les murs, les faits quotidiens. D'autres s'évadaient d'eux-mêmes par la porte d'à côté. Le cerveau comportait deux issues. Je l'avais lu dans un livre de médecine. Deux hémisphères et deux couleurs. La noire pour l'émotion, la blanche pour la raison. Maryse me manquait tellement. Surtout la nuit. Je pensais à elle, ses yeux, son sourire, ses hanches, son joli coin...

Le jour, je travaillais à l'atelier de menuiserie, je rabotais, je collais, je sciais. Nous fabriquions de beaux meubles. Dans les moments de loisir, j'étudiais l'encyclopédie universelle et le dictionnaire de la langue française. Me plongeais à corps perdu dans l'univers des mots. Dernièrement, accolé à tristesse, j'ai trouvé douleur et, bien sûr, mélancolie. En les rapprochant tous trois, j'obtenais une définition assez juste. La mélancolie, c'était de la tristesse plus un peu de douleur douce, un blues qui tombait comme la pluie. Quelquefois, je faisais part de mes découvertes aux copains détenus, au hasard des rencontres dans la cour. Beaucoup d'entre eux détournaient la tête comme si je couvais ou répandais une maladie contagieuse. Pourtant, ils m'estimaient. J'étais devenu leur mascotte, car, à dix-huit ans, j'avais défendu ma belle-mère et, selon leur expression, « dégommé deux salopards ». Ils soutenaient que ces types appartenaient au milieu. Maryse était en danger. Ces gars-là ne lâchaient jamais. Le petit à la peau mate avait prétendu être l'oncle de Martha : le premier prénom de Maryse. « Là où on te ramène, tu vas pouvoir payer ta dette... » Je me souvenais ; il lui avait crié, avant que je ne surgisse du cellier. Mes plus proches voisins s'appelaient Riton, Jo et Sam. Ils étaient plus vieux que moi. Entre vingt-cinq pour Riton, Jo vingt-huit et trente-six ans pour Sam, le plus âgé. Ils purgeaient une peine de sept piges, fermes, chacun pour braquage à main armée plus violence caractérisée. Ensemble, ils avaient braqué une banque à Briançon, dans les Hautes-Alpes. Un des employés avait réussi à déclencher l'alarme et le quatrième de la bande, qui jouait le rôle de chauffeur, avait vu les policiers encercler le bâtiment. Au moment où Riton, Jo et Sam sortaient en catastrophe par le sas, en traînant les sacs de billets, le complice paniqué démarrait, il filait comme un voleur. Et comme disait Riton : « Il nous a faits marron ! » Sam m'avait expliqué : « Tu vois petit, rien qu'à la pensée, une fois sorti, de pouvoir coincer ce fils de pute, ça me permet de supporter la tôle ! »

Dans la cour, à la promenade, nous étions souvent les quatre à tirer des plans sur la comète. Je leur parlais des mots nouveaux que j'apprenais, de mon désir d'écrire, de la façon dont je percevais la détention, ils m'écoutaient. En dehors de la menuiserie, on travaillait aussi à la carrosserie sous un hangar métallique. « On ne dit plus détenu mais retenu, nous sommes des retenus qui font de la tôle ondulée », je leur déclarais, très sérieusement. Ils me regardaient avec des airs de ravis de la crèche. Ça les faisait marrer, parfois je lisais des poèmes, ou chantais des chansons ou encore leur montrais des photos de ma mère et nous nous échappions des murs pour un voyage sans retour.

Environ six mois plus tard, j'ai rencontré un quatrième voisin de cellule. Il s'appelait Fred. Emprisonné, condamné à quatre ans pour escroquerie à l'assurance. C'était quelqu'un d'intelligent, enfin, il me semblait. Pour parvenir à voler les assureurs... « Pas assez ! » il m'avait répliqué, « faut croire, pas assez, sinon je serais encore en liberté ». Fred m'encourageait à lire, à commenter, à échanger nos lectures. Grâce à lui, je réalisais que les livres reprennent parfois les nouvelles, les faits divers dont parlent les journaux. Mais sous un angle moins théorique, moins général, ils expliquent. Ils comprennent. Quelquefois ils savent comment vous atteindre, ne vous laissent pas seul, au contraire, ils permettent d'entrer, de s'aventurer dans l'émotion que le roman donne à partager.

Je lui montrais mes notes, mes brouillons. Il me conseillait.

– Tu devrais écrire ton histoire, mon gars. Tu as une musique bien à toi. Je suis persuadé que les gens aimeraient l'entendre.

C'est ce qui m'a décidé à noircir du papier, à raconter.

– Dis-toi bien, il concluait, que le monde et les êtres sont fabuleux dès lors qu'on les sort du rectangle qui les enferme.

J'assimilai lentement cette phrase. Je balayai, fis du ménage dans ma tête avant de lui attribuer une place claire, de lui désigner un sens.

– Te tracasse pas avec le rectangle, il tenait à préciser, ça pourrait tout aussi bien figurer un carré, un triangle ou une glace. Là n'est pas la question. C'est l'enfermement le problème.

J'ai ensuite réfléchi à ma présence, mon existence en prison. Peut-être qu'il y avait une logique à tout ça. Un jeune garçon tel que moi, si souvent interrompu, ne pouvait que finir en maison d'arrêt. D'un autre point de vue, en France, on ne compte que très peu de prisons modèles. Celles qui donnent – il paraît – envie de remédier à sa manière d'être et de se comporter dans l'avenir. Dans les prisons actuelles, il se construit des murs entre les murs, invisibles, oppressants. Partout, entre les prisonniers, les surveillants, gens du dedans, personnes au-dehors, pendant le travail, les rares moments de détente. Partout. Et puis les détenus : lorsqu'enfin ils sortent, tous ou presque recommencent, repartent du point où ils en sont restés. Arrêtés ? Dans tous les sens. On devrait apprendre ce qu'on sait, ce qu'on possède de mieux en soi avant de se perdre dans ce qu'on ne sait pas. J'ai découvert qu'en Amérique du Nord – alors que la peine de mort est maintenue dans la plupart des États –, il se créait des maisons d'arrêt ressemblant à des fermes éducatives. On y apprenait à dresser les chevaux, on se dressait soi-même, se redressait. Je le disais à Riton. Chaque fois, pour rigoler, il s'accroupissait devant moi et, à la fin, se relevant, il faisait mine de se cogner la tête contre les barreaux. Il ne pensait qu'à une chose, se faire la belle, et Jo et Sam aussi, ils préparaient un plan. Je leur lisais des poèmes, entre autres : *L'Albatros*, vos ailes de géants vous empêcheront de marcher... quand ils me parlaient d'évasion. Ils me chahutaient, me poussant, me renvoyant entre eux pire qu'un ballon de rugby et Sam disait : « C'est normal que tu penses de la sorte, tu n'as que dix-huit mois de tôle à boucler, alors que nous, d'ici sept ans, on sera juste bons à la casse ou à recommencer. »

Je reviens à mes chevaux. Il y en avait trop de ces mustangs en liberté. Cela posait des problèmes aux autres animaux et aux éleveurs qui les chassaient de leurs pâturages. La capture s'en révélait difficile. On parvenait peu à peu à mériter leur confiance et aussi celle des surveillants. C'était un bien meilleur procédé que d'obliger les détenus à respecter la discipline et se borner à donner des ordres. Ici, les hommes, on les enfermait, on les dégoûtait d'obéir puis, un jour, on les libérait sauf que la plupart n'avaient rien retenu. Ils sortaient, pareils qu'avant, pires parfois. C'est le seul enseignement que j'ai reçu au contact des autres. Je sais bien que le monde est difficile à organiser. Que les mots sont plus faciles à écrire qu'à partager. C'est pourquoi je cherche ceux qui sonnent juste, qui résonnent au cœur des autres, et aussi la raison pour laquelle j'aime tant le blues. Ce chant qui souffre et espère, cette émanation de la peine, de la tristesse universelle. De la chanter, la laisser s'écouler, offre une chance de redevenir joyeux, comme le ciel, lavé, après une tempête. Alors on parvient à offrir un peu de cette joie, ce petit élan de bonheur. Sans doute est-ce le plus difficile à réaliser. Il y a tellement de joies et peines différentes.

Le jour avant celui du printemps, mon père est venu. Il regardait le gardien avec des yeux pleins de colère. Il avait du mal à articuler. Je posais des questions à toute vitesse, je ne voulais pas me retrouver en face de lui, le silence en prime. Il répondait juste par oui ou non, quelquefois consentait un détail, une explication. Il finissait par avouer d'une voix triste.

– Écoute, petit, c'est pas maintenant que je vais me mettre à faire des discours. Tu comprends *(j'opinais de la tête)*. J'veux juste te regarder. T'as pas trop mauvaise mine. Et puis ça sert pas à grand-chose de parler. Surtout là, au milieu *(il baissait la voix)*, avec ce guignol, tu crois pas ?

Je ne savais pas ce que je devais croire. Mais j'ai souri. Il se retournait, de nouveau il fixait le maton. J'ai eu peur que la colère ne l'emporte, une fois encore. Il s'est levé, a fait le geste de me toucher l'épaule. Sa main s'est arrêtée, on aurait dit un laveur de vitres.

– Faut que j'y aille. Tiens bon petit.

D'abord soulagé, je réintégrai ma chambre, puis mon cœur s'est serré, car je continuais de penser à lui. Mon père n'avait pas de chance. Il aurait pu être gentil.

Je me suis souvenu d'un incident, survenu quelques années auparavant, qui illustrait cette malchance, cette poisse lui collant aux semelles, quoi qu'il fasse. Il avait, parfois, de bonnes raisons d'être fâché. Les sangliers dévastaient nos champs de blé. Plus cela durait et moins M. Lejeune, l'expert de la fédération des chasseurs, nous indemnisait. Un jour, nous étions partis, tous les trois, vérifier les dégâts dans un champ de pois chiches. C'était pourtant vite vérifié. Il ne restait plus un seul pied. Ben, non, Lejeune, il refusait de nous croire.

– Qu'est-ce qui me prouve que vous l'avez semé ? il disait d'un ton sec, le spécialiste des sangliers, évitant de nous regarder.

Mon père crispait les mâchoires. Il essayait de se contrôler.

– Bon, on va rentrer, finir les papiers.

Il sentait que s'il demeurait encore une minute de plus au milieu de la parcelle, ça allait barder.

Nous avons encore examiné un champ de pommes de terre. L'expert demandait que nous déterrions des plants intacts, afin de comparer la grosseur, le nombre de patates avec les plants retournés. On était encore loin de la récolte, ça ne repousserait pas, on ne pouvait même pas les manger. Mon père se contenait toujours. Arrivé dans la salle à manger du *Cabaret des Oiseaux*, ce petit gros d'expert au teint pâle et aux yeux rouges de lapin albinos, il a terminé son sale boulot. Il ne voulait pas reconnaître, encore moins chiffrer la perte des pois chiches.

– Désolé ! il disait, alors que son regard le démentait, si vous n'êtes pas d'accord, vous pourrez toujours adresser un recours à la commission des dégâts de grand gibier.

Alex lui brandissait la facture des semences sous le nez.

– Et ça, c'est quoi, la quittance du loyer ? C'est sûr, traités au permanganate, on a dû les bouffer pour se choper la diarrhée. Si je comprends bien, les pois chiches : j'ai rêvé que je les avais semés. J'suis un menteur, c'est ça ?

– Écoutez, monsieur Couturier, pas la peine de vous énerver. Je fais juste mon boulot.

– Vous avez raison, il n'y a pas de sot métier, mais il y a des boulots cons...

Là, j'ai compris que l'entrevue allait mal se terminer. D'un bond, mon père s'est levé.

– Oui, c'est vrai. Je vais me calmer. J'ai une idée. Il a empoigné le petit expert des cochons par le cou d'une main et par les fesses de l'autre, il l'a traîné jusque dans la niche du chien Milo. Une bien trop grande niche pour un chien. Elle me faisait penser à l'arche de Noé. Il a saisi la corde et tout en évacuant le chien d'un coup de pied, a ligoté M. Lejeune, vite fait, pire qu'un salami. L'expert beuglait comme un cochon de lait, alors mon père lui a scotché la bouche. Puis il a pris l'écuelle du chien. Il repartait en courant, laissant Lejeune attaché à la niche, avant de revenir avec la gamelle pleine de croquettes. L'expert roulait des yeux fous.

– Tu vois, Ducon, j'suis charitable. Si t'arrêtes de gueuler, que tu rentres sagement dans ce palace, tu pourras même te taper le repas du clebs.

Il l'y avait laissé toute la nuit. Moi, j'étais partagé entre le rire et la crainte. Le lendemain matin, il le relâchait, le détachait et le débarrassait du bâillon, le fourrant dans sa bagnole tel un vulgaire colis. M. Lejeune n'avait pas touché aux croquettes.

Autant vous dire que c'en était pas resté là. L'expert avait subi un traumatisme, lui aussi. Il portait plainte. Mon père était jugé le mois suivant pour séquestration abusive et violences corporelles. Il ratait la prison de peu, « compte tenu des événements antérieurs », déclarait le président du tribunal. En revanche, il a eu droit à une grosse amende. « Et ça, nous nous en serions bien passés », elle avait dit Maryse, le soir, en revenant du palais de justice. « Si encore on en mangeait, de ces fichus sangliers... » Alex se contentait de hausser les épaules. Puis il lançait, l'air de rien :

– T'es fâchée, Maryse ? Tu veux que j'aille dormir dans la cabane du chien ?

En éclatant de rire, il avait klaxonné tout le long du col, à chaque virage.

D'avoir vu mon paternel contenant sa colère au parloir expliquait que cette anecdote me revenait à l'esprit. Nous aurions pu être voisins de cellule.

13

Le vendredi 30 mars 2001, à l'heure de la promenade, nous étions tous dans la cour du centre de détention. Des oiseaux captifs, sortis de leur cage, éparpillés sur les branches. Les uns jouaient au basket, d'autres marchaient, fumaient, discutaient en petits groupes. Je me tenais adossé au mur, sous la passerelle de surveillance, en compagnie de Riton, Jo, Sam et Fred. « Le quatrième mousquetaire », disait celui-ci. Je comptais pour du beurre, j'étais la mascotte, le porte-bonheur et le dernier des conjurés d'une future évasion.

Silencieux pour une fois, nous observions les nuages filer leur laine blanche, lorsque dans le haut-parleur mon nom a retenti.

– Couturier Tristan est demandé d'urgence à l'étage.

Un des matous – tout de même, c'était plus doux que maton – m'escorta jusqu'au bureau du directeur. Me Gilles, debout à ses côtés, me désignait le combiné du téléphone.

– Un appel pour toi. Ta belle-mère.

Mon cœur s'emballait. Maryse semblait loin, sa voix fragile se brisait davantage à chaque mot. Mon père venait de mourir... hier, à 2 heures du matin. Mort d'un accident de voiture. L'enterrement aurait lieu le dimanche 1er avril, dans l'après-midi. Assommé, curieusement concentré sur le jour des poissons, j'ai songé, décidément, que mon père Alex ne faisait jamais rien comme tout le monde. J'ai encore pu écouter Me Gilles « solliciter une permission de sortie exceptionnelle ». Après, ma vue s'est brouillée, je basculai dans un grand trou noir.

Le 31 mars, à midi, je franchissais la porte de la maison d'arrêt. Mon avocat, monsieur plaise à la cour, le Me Gilles de secours, toujours aux petits soins de la clientèle – « Un an, c'est vite passé, vous verrez », Me Gilles se transformait en chauffeur de prévenus. Nous roulions sans piper ouf depuis une vingtaine de minutes, quand il a questionné :

– Tristan.

– Oui, monsieur Gilles.

– Je t'ai obtenu une permission de trois jours.

– Je sais. On m'a prévenu. Merci.

– Ton père est à la morgue de l'hôpital. Tu veux le voir ?

J'hésitais.

– Non, j'irai plus tard avec Maryse et Germain. L'enterrement est bien prévu pour demain ?

– Oui, oui. À Sisteron. Je tâcherai d'y aller avec le cousin de ton père, Paul, il m'a téléphoné.

Il s'interrompit un court instant. Puis :

– Sinon, nous reviendrons ensemble à la prison mardi 3 avril, même heure.

Pendant qu'il récitait, je fermais les yeux. On aurait dit un télégramme. J'ai, comme un mirage, discerné mon père Alex endimanché, quittant l'église le jour du décès de ma mère. Je me remémorais ses mots.

– C'est pas moi ton père. C'est, tiens, mon cousin, ou alors le facteur, va savoir.

J'aurais juré qu'il se bidonnait à l'arrière de la Safrane. Je me suis retourné. Personne ne gesticulait sur la banquette.

– Tu es sûr que ça va ?

– Oui, monsieur Gilles, autant que possible.

Le silence ne composait pas la musique préférée des avocats. J'ai choisi d'expliquer.

– Ça va aller. Je pensais juste au facteur et à ma mère Blanche. Bon Dieu ! Blanche avec ce petit mulot...

Je ne pouvais m'empêcher de sourire. Me Gilles, mince homme en costume vert-de-gris, me dévisageait en coin, l'air inquiet. Le voyage s'achevait avec France Inter. De la musique s'étalant tel du sirop, des informations en file indienne, en boucle. Du bruit pour rien et rien que du bruit. Je serais incapable de vous en dire davantage.

– Boire ou conduire. Je me révoltais. Je n'avais pas eu le temps de résister à mon père. Il avait traversé mon existence pire qu'une tornade. Mon père, cet éclair en furie. Il n'était plus. Plus qu'une lueur blafarde.

L'avocat s'étonnait :

– Faites pas attention. Je réfléchissais à l'accident.

Cela s'expliquait d'autant plus – je l'appris en retrouvant *Le Cabaret des Oiseaux* – que mon père Alex avait quitté la route et la vie comme une fusée, en voulant éviter un sanglier. À 2 heures du matin, le 29 mars 2001. Il avait plus de deux grammes d'alcool dans le sang. Les gendarmes avertissaient aussitôt Maryse et transféraient ensuite le corps à l'hôpital de Sisteron.

Nez à nez avec Maryse, je désirais tant la serrer, l'entourer, être entouré de ses bras. Me persuader qu'elle était vivante, qu'il s'agissait d'elle et non de Martha. Je découvrais, hélas, que les rêves, les désirs s'effaçaient devant la réalité apparente ou immédiate des circonstances. Comme je m'inquiétais de l'absence de Germain, Maryse, se tordant nerveusement les mains, a chuchoté :

– Germain est malade. Je ne sais pas de quoi ni s'il pourra nous accompagner. Je n'ai pas eu le temps d'aller le voir.

– Je vais m'en occuper. De suite.

Elle m'a saisi par les épaules, ses yeux noirs roulaient dans leurs orbites, deux toupies folles.

– Qu'allons-nous devenir ?

Je ne connaissais pas la réponse. Je me suis éloigné doucement. La nouvelle voiture d'Alex était inutilisable, bonne pour la casse. Je décidai de prendre la bétaillère. Avant de démarrer, je considérai les deux tilleuls. Je sifflai, en vain, le silence même paraissait s'être envolé.

Le merle et la corneille avaient fui l'auberge pour un cabaret plus chanceux. Un peu avant la nuit, quelques flocons tombaient, j'ai bifurqué sur la piste forestière. Un kilomètre plus loin, je pilais devant la petite cabane de Germain adossée à la bergerie en bois. La cheminée sombre, muette, se dressait, menaçante, dans un ciel de cendres. Je suis parti ramasser des bûches dans l'appentis de dosses en peuplier. Il faisait froid dans la cuisine déserte. J'ai tiré le brise-bise devant la fenêtre blanche de givre puis allumé son poêle. Je suis entré dans la chambre. Germain était couché. Assis sur le bord du lit, j'ai posé mes doigts engourdis sur le front de mon vieil ami.

– Tu as de la fièvre.

– Oh ! si peu. T'en fais pas, gamin. C'est la tête qui s'échauffe.

Il toussait.

– Il faut te soigner. Tu ne peux pas rester dans cet état.

– Tu sais, petit. J'ai fait mon temps. Ça me tourmente pas vraiment d'avoir bientôt à manger ma casquette. D'ailleurs, vise donc, je l'ai encore sur la tête. Et je t'avouerai que le monde tel qu'il est ne m'intéresse plus trop, alors...

Il voulait plus finir ses phrases. Je pouvais le comprendre, comme moi, il retournait en enfance, il plumait la tristesse. D'après lui, il s'agissait juste d'une bronchite.

– La maladie des vieux ! il ricanait. Avec un peu de chance, j'évite la pneumonie. Dis-moi plutôt ce qui t'amène. Ils t'ont libéré ?

Je lui ai expliqué. Et aussi pour Alex. Il a eu l'air surpris, peiné. D'un coup il s'est redressé.

– T'inquiète, je vais venir. Laisse-moi cinq minutes pour me changer. Je vais grimper dans ton carrosse, ma brouette ne vaut rien sur la neige. La batterie est à plat. Rends-moi service, pendant que je me dégote quelque chose de propre, mets-la en charge.

J'en ai profité pour recharger aussi les rateliers de foin. L'habitude. Puis j'ai compté les moutons. La bergerie était vide.

Je roulais doucement. Germain avait des quintes de temps en temps.

– Petit, on devrait parler un peu. Le silence me fait tousser, il a dit.

– Oui, mais s'il te plaît, pas de mon père. C'est encore un peu tôt.

Il m'interrogeait sur la vie en détention. Je répondais les mots nécessaires, que ça ait l'air d'une conversation. À la fin, je me suis jeté à l'eau, je lui ai fait part de mon sentiment pour Maryse. Germain restait coi. Il repensait sans doute à « Tu as une copine russe, maintenant ? ».

La gêne s'installait entre nous et, à nouveau le silence, ses ailes pesantes, malgré le bruit rassurant du moteur qui ronronnait dans la nuit froide, et la route légèrement enneigée.

On ne devrait jamais révéler ses secrets. J'ai changé de sujet.

– Dis, quand j'allumais le feu, tout à l'heure.

– Oui.

– Tu as eu des mots tristes.

– De quoi tu parles ?

– Tu sais bien. « Le monde tel qu'il est ne m'intéresse plus trop. » Tout ça.

– C'est vrai. Par moments, on en a marre de lutter. Excuse, j'aurais dû garder cette réflexion pour moi. Je ne savais pas pour ton père. Je suis désolé.

– C'est pas grave.

– Sauf que pour Maryse et toi...

– Eh bien...

– Ça réveille des souvenirs. Je suis seul à présent. J'ai fait la guerre et détesté cette période. J'y ai cependant aimé. Très fort.

– Une femme ?

– Oui. En Russie. Et puis je suis reparti. J'aurais dû rester. Je pense encore à elle. On n'y peut rien. Lorsque le malheur te secoue, qu'il ne te lâche plus ; désirer, choyer quelqu'un, même de loin, ça te permet d'exister.

– Tu regrettes ?

– Un peu, mais je ne vais pas te raconter ma vie, c'est juste histoire de comparer, d'éclairer la situation.

– La mienne ?

– Si tu veux. J'essaie d'avancer l'idée qu'on n'aime pas quelqu'un pour lui. Ni pour ce qu'il est ou ce qu'il représente. C'est une confusion regrettable. D'ailleurs, les mots, eux aussi, déconnent. T'es-tu demandé pourquoi on dit « l'objet de son amour », et non le sujet... ? Le langage, parfois, est mal fait.

Il rigolait. Un temps. Je réfléchissais. Germain reprenait :

– L'amour est toujours un malentendu. Ça peut l'aider à durer, paradoxalement. Je me répète, mais on ne s'éprend pas de quelqu'un tel qu'il est, ça devient insupportable au bout du compte. Curieusement, le dicton affirme que l'amour rend aveugle, qu'il nous transforme. Lequel des deux à ton avis ?

– ...

– Ne réponds pas. Ça ne sert à rien de nommer les choses. La difficulté provient du fait que l'autre, on finit par ne plus le voir parce qu'on cesse de l'inventer. Avec le temps, faut croire, on n'a plus les mêmes yeux ou alors juste ceux de ton docteur des généralités.

C'était mon tour de sourire. Il poursuivait :

– L'autre moitié qui, de toute façon, ne sera jamais la tienne... se plaint, se désole, se sent incomprise, délaissée. On voudrait tant être aimé pour ce qu'on est – et non pas tel que l'autre désire qu'on soit. C'est l'éternel dilemme. Mais cette façon de voir ne fait pas danser l'amour, petit. Au mieux, elle en maintient l'idée.

– J'ai du mal à te suivre, Germain.

– J'en termine. La magie se retire parce que ta vue à toi a baissé. Pas la sienne. Il faudrait pouvoir ne rien attendre en retour. Tu me suis, maintenant ?

– Je crois, oui.

Ça m'effrayait.

– En définitive, ce que tu peux faire de mieux, à part porter très vite des lunettes, consiste à écouter sans trop te taire et à ouvrir ton cœur. Sinon, la vie n'a aucun sens et, crois-moi, il importe sacrément qu'elle en ait un. Parole de vieux bonhomme.

À cet instant, je revoyais mon père. Il retenait ma mère sur ses genoux. Elle chantait. La vie d'Alex trouvait son sens, hélas, avec la mort de Blanche, il l'avait égaré. Le reste : la bouteille, ses colères, sa violence, venait donc de sa vue qui baissait. Et aussi, en moins imagé, du fait que ma mère, je la lui rappelais, dès qu'il me regardait. On se ressemblait tellement, elle et moi.

Après cette conversation, je redoutais de retrouver Maryse. Si bien que lorsque *Le Cabaret des Oiseaux* avait surgi dans les phares, déployant son halo de lumière sur la butte, j'ai eu un moment de panique. Pour un peu, je repartais. Maryse se précipitait pour nous accueillir. Germain s'avançait, présentait ses condoléances.

Je me tenais en retrait. Maryse s'est approchée. Elle avait les yeux cernés. Elle m'a pris le bras :

– Rentrons, le repas est prêt. Vous en avez mis du temps.

Nous avons veillé mon père absent avec deux lampes à pétrole vacillantes, de chaque côté du lit. Au bout d'une heure, Germain s'est excusé, il préférait se reposer pour tenir le coup demain. On ferait bien d'en faire autant, une dure journée nous attendait. Bonne nuit, Germain. Nous restions silencieux devant nos lampes, en face l'un de l'autre et le lit qui nous séparait.

Étrange veille symbolique d'un corps qui nous était enlevé. Maryse y tenait. Elle respectait les usages, or Alex nous manquait – physiquement –, il ne nous appartenait plus. Blanche devait s'impatienter, toute seule dans le caveau familial. Maryse s'endormait. J'ai soufflé sur la flamme des lanternes et j'ai quitté la chambre, l'abandonnant en tête-à-tête avec mon vieux qui n'était plus là.

Le lendemain matin, 1er avril, nous sommes allés à la morgue de l'hôpital de Sisteron. C'était une pièce froide pleine de tiroirs immenses, l'odeur de la mort rôdait partout. Mon père gisait sous son drap. Lavé, maquillé, comme au musée. Son visage conservait son expression habituelle, vaguement adoucie. De la colère, il en était passé à la contrariété. Germain, se raclant la gorge, exposait :

– Peut-être qu'il conviendrait de lui laisser un jour de plus. Maryse et moi le fixions, muets de stupeur.

– Ben oui. Il était ivre mort quand il a quitté la route. Allez savoir, il a dû dessoûler, autant il va se réveiller.

Il semblait très sérieux, Germain. L'homme qui rangeait les tiroirs, paraissait bien s'amuser. Germain continuait :

– Ce serait encore une de ses fichues plaisanteries que ça ne m'étonnerait guère. Supposons, puisqu'il n'est plus ivre, qu'il ne soit également plus mort... alors qu'il n'est plus en vie. Bizarre, mais pas impossible. Et puis, le 1er avril, les morts ont droit à un jour de congé !

– Germain ! protestait Maryse.

Elle s'indignait.

L'homme aux tiroirs avait sans doute un réveil dans sa tête, il a rabattu le drap sur mon père. Ensuite, il a replacé la caisse coulissante à la consigne des morts se refermant sur deux petits bruits secs. Ma mère Blanche, probable, des deux mains, qui applaudissait. Je pense que j'ai aimé mon père à cet instant. Vraiment. Nous nous sommes retirés.

Il neigeait. Il nous fallait traverser Sisteron afin de pouvoir, de l'hôpital, accéder à la maison des morts. Au début, nous suivions à peu près, puis, immobilisés par un feu follet, le rouge, nous avons perdu la trace de la voiture noire. Le corps-bizarre, je l'appelais, petit. Un peu plus loin, en dehors de la ville, Maryse s'est écriée

– Ça y est. La voilà, faut plus la perdre.

Germain accélérait. Mon paternel allait encore nous échapper. Nous parvenions au cimetière. Un grand jardin arrêté parmi les saisons et sous la citadelle. Des cyprès, des allées de pierres grises et des fleurs pour mourir. Bienvenue au jardin d'acclimatation ! Bienvenue chez nous ! Les visiteurs, ils portaient la tristesse dans les yeux et, dans les bras, des cris – On t'aime, Alex, comme aux alcooliques anonymes, des orchidées ou des roses. On ne les avait jamais rencontrés.

– On s'est gourés de corbillard, a dit mon ami Germain.

Il plaisantait beaucoup. Moi, je comprenais seulement qu'on s'était trompés de chagrin. La tête des gens autour de nous. Fallait voir. Ni chaud ni froid, cela ne me faisait. Léger le cercueil. Un poids mouche, certainement pas un poids mort. Le défunt n'emportait pas la colère avec lui, dans sa tombe. Pas comme mon père.

– On se connaît ? interrogeait une dame noire aux lèvres rouges. Une veuve et une moustiquaire protégeant du chagrin qui pique ses yeux brillants.

– Non, madame, je répondais. On a juste confondu. Excusez-nous.

Puis nous avons remarqué la seconde voiture des morts ou la voiture-balai qui déboulait à toute vitesse avec, je l'espérais, mon père dedans.

Germain ne pouvait plus se retenir. Il a lancé, comme ça, ses mots dans l'air et les giboulées qui tourbillonnaient.

– On se connaît ?

Ce n'était pas le moment mais le fou rire nous a pris. Soi-disant qu'aux enterrements la peine vous serre un cœur qui saigne. Je dois avouer que ce n'est pas le sel des larmes mais l'eau claire du rire coulant de nos yeux, à Maryse, Germain et moi, qui a mouillé et noué nos mouchoirs, ce jour-là.

Entre-temps, des curieux, voisins, des gens de la vallée, s'étaient assemblés à l'entrée du cimetière. Puis ils s'abattirent sur la pelouse rase tels des corbeaux. Peu à peu, ils s'aventuraient entre les tombes. Certains – les plus chafouins – prétendaient que « cette famille à chagrin portait la poisse ». Mieux valait nous éviter, etc. Depuis, dans ma prison, après chagrin, j'ai cherché dans *Le Larousse* le mot « poisse ». Mis à part la malchance, il ne me disait rien. Je me suis imaginé que la poisse collait plus que le chagrin survenant seulement si on s'approchait de la douleur. La poisse, elle, s'installait pour de bon chez vous, elle vous crépissait les murs et le cœur.

À présent, le cercueil encordé descendait dans la fosse. Je me suis souvenu. Chaque année, avant la Toussaint, je travaillais pour la mairie. Je nettoyais, désherbais le cimetière de notre village. Je passais la tondeuse sur le sol où s'accrochaient encore quelques brins d'herbe, et surtout les feuilles mortes, ocre rouge, tombées des arbres. Je jouais à couper les cheveux des défunts. Ensuite, je considérais les inscriptions gravées sur les pierres de chacune des petites maisons en marbre : des devinettes pour des maisons de poupées. Souvent, elles se ressemblaient : « Ici repose, ci-gît, ici repose en paix. »

Pour l'instant, sur le caveau de mon père, il n'y avait rien. Pas d'ici gît ou de repose, rien. De son vivant, Alex était toujours en guerre. Maintenant, dans la terre, je supposais qu'il devait malgré tout se fatiguer. Maryse a déposé un bouquet à l'angle du tombeau où mon père rejoignait enfin ma mère Blanche.

Germain se signait de la main gauche. Un geste maladroit et brusque, celui d'un ours à casquette écartant un nid de frelons avant de lancer sa fleur. Une pensée. Il mâchait les mots entre ses dents :

– « Notre Père qui êtes aux cieux, restez-y... » Et du père et du fils, ainsi soit-il. Et du Saint-Esprit. De toi, vieux grigou, du facteur ou du cousin Paul, qui crois-tu que Blanche attend maintenant ?

Venait mon tour. Je songeais à la réaction d'Alex quand le cousin lui avait reproché : « Quand je pense que la tombe de ta femme n'est même pas fleurie. »

Et, tout à trac, sa réponse :

– Les fleurs, faut les offrir lorsqu'on est encore en vie. Pas quand on est mort.

Qu'importe. Les giboulées avaient cessé. Un rayon de soleil pâle et bigarré courait, tel un marchand de crayons de couleur, entre les cyprès. J'ai eu envie de parler :

– À toi, papa. Tout ce que je peux t'offrir. Cet arc-en-ciel. Pareil que dans la cour de notre première maison. Après l'orage, tu te souviens ? On sciait le bois sur un chevalet. Le passe-partout allait et venait. Du cœur aux muscles, des muscles aux nerfs. Tzinn-tzinn, il courait, fleurissant au soleil le bois mouillé. Ah ! encore un truc. J'ai fait mon enquête. Je suis bien ton fils, désolé, surtout pas celui du cousin, et tu as bien le bonjour du facteur. Demande à maman de te chanter ma chanson : *J'espère juste une chose m'man, que la rivière saura où te trouver.* Tu penses que je débloque ? C'est vrai, tu peux pas comprendre, il s'agit de l'histoire d'une lettre qui s'est noyée. J'espère également qu'elle te reconnaîtra. T'as tellement changé. N'empêche, elle va être surprise, elle t'attendait pas si tôt.

Je me suis rendu compte que je délirais à haute voix. Ce n'était pas grave. Il ne restait plus que moi, Maryse et Germain m'attendaient devant la grille. Ils veillaient. Ils gardaient le silence aspiré par la nuit qui descendait à petits pas prudents vers ce grand champ de fleurs et ses bories de pierres. Leurs deux ombres se découpaient à la lueur des réverbères. Ils me semblaient loin. Si loin. Cyprès, des arbres, qui en avaient soudain marre du cimetière.

Comme prévu, le mardi 3 avril, Me Gilles m'avertissait sonore, petit et gris, à 10 heures du matin, dans la cour. La neige fondait mais un épais brouillard tentait de dissimuler *Le Cabaret des Oiseaux*. De l'isoler du monde. Hélas, je devais m'en séparer. Finir ma peine sans honte ni regret ; je comptais pas m'excuser.

J'embrassai Maryse sur la joue. Je m'étais appliqué pour bien viser. Elle était apeurée. « Je ne veux plus retourner en Russie ! » confiait-elle à mon épaule, car elle ne portait pas de talons. Ces mots, elle les avait prononcés en russe, lorsque les deux types de l'Est lui avaient ordonné de faire sa valise avant que la maison brûle et « comme ça tu pourras payer ta dette !! ».

Je vous dis cela à présent, à l'époque, je ne savais pas qu'il s'agissait des mêmes paroles. Je l'apprendrais plus tard. Aussi lui ai-je demandé pourquoi.

– Et pourquoi donc ? Tu n'as pour ainsi dire jamais parlé de toi, de ton enfance, de ta vie d'avant. Pour moi, tu représentes un mystère.

– Tu as raison. Un jour, je te raconterai. Fais-moi confiance.

– D'accord. Sinon, faut pas t'inquiéter. Germain va rester avec toi.

– Mais... et son troupeau ?

– Il l'a vendu à Ferdinand le maquignon la semaine dernière. Germain a simplement l'intention de chercher quelques affaires et, demain, il rapplique. Il te donnera un coup de main.

Elle m'ouvrait ses bras. J'en frissonnais de désir. Je ne pouvais pas me laisser aller, encore moins me détendre. D'abord, je repartais en tôle et je ne voulais pas retomber en amour aussitôt. Enfin, mon père avait le chic pour réapparaître sans prévenir. Il était capable de tout, je me méfiais et il était un peu tard pour lui déclarer mes sentiments pour Maryse. Aussi me suis-je dégagé gentiment.

Elle m'a promis :

– Je viens te voir dès que possible.

J'essayais de blaguer.

– Ne tarde pas trop, je me suis fait plein de copines... en plus, c'est comme si j'étais déjà sorti... dans quatre mois.

Le chauffeur de retenus klaxonnait de plus belle. On ne distinguait plus la voiture. Désemparé, je scrutais mes deux arbres. Personne. Les oiseaux ne reviendraient plus. La brume grise effaçait presque *Le Cabaret* quand j'ai refermé la portière.

14

LES CAMARADES DÉTENUS m'ont re-cueilli avec beaucoup de gentillesse.

Pendant toute la semaine qui suivit, Riton m'a couvé pire qu'une poule. « Ça va ? et comment tu te sens et t'as besoin de rien, petit ? » sans arrêt, il me demandait. Je me laissais dorloter. J'en avais besoin. Ou alors, si je restais trop longtemps silencieux, il se mettait à parler grave, sérieux pire qu'un philosophe. Ce n'était pas dans ses habitudes. Sam et Fred, qui riaient de tout, se moquaient de lui :

– Non mais, matez-le ce blaireau de Riton, il fait son intelligent !

Alors, en grimaçant, ce dernier, changeant de registre, reprenait son rôle de pitre.

– En vérité, les gamins, Tristan, faut les faire jeune. Comme ça on a le plaisir de les voir vieillir... Ton père s'y est mal pris. Il est mort trop tôt.

J'étais assez d'accord. Je me rendais compte qu'ils essayaient de me débarrasser de cette torpeur qui m'accaparait et cela me rappelait les fameuses rechutes si chères à M. Jourdain : le docteur de l'esprit.

Enfin, Maryse est apparue, une quinzaine de jours après. Elle est venue – je l'espérais – pour me réconforter dans la chambre à paroles du centre de détention. Le début du face-à-face au parloir, derrière la vitre, ou à une table, beaucoup de détenus peuvent en témoigner, est toujours difficile. On y pense, on gamberge et rumine des jours et des jours. Puis le moment tant attendu survient. On est déconcerté, vide. Et tout se mélange. On ne sait par où engager la conversation. D'ailleurs, nous ne sommes jamais seuls. Les matons matent, dirait Riton, nous n'avons pas droit aux gestes de tendresse. J'ai réussi à me lancer.

– Le merle et la corneille ne sont pas revenus ?

– Non, ils étaient vieux, tu sais.

Je n'avais pas pensé à ça. Pourtant, c'était juste. Les oiseaux aussi pouvaient mourir. Je poursuivais. J'avais une bonne nouvelle à annoncer, sauf que je retardais l'instant.

– Comment tu vas, Maryse ?

– Ça peut aller. On se débrouille avec Germain. Hier, nous avons retendu les fils des clôtures au plateau. Le gel de début avril avait soulevé quasiment tous les piquets. On lâche le troupeau l'après-midi, lorsque l'herbe est sèche. Et la saison reprend, à l'auberge, avec tous ces jours fériés. Il était temps, tu sais. J'ai du travail par-dessus la tête. C'est bien, ça m'empêche de me laisser aller.

Elle s'attristait, ses grands yeux roulaient des ombres, agates noires et blanches. Je pensais à une blague de Riton : « Le fond de l'œil effraie. » Elle n'avait pas le cœur à plaisanter. Elle regardait de tous côtés. Une émotion lourde de gêne envahissait la pièce. Maryse battait des cils, ses paupières s'abaissaient. La peur qui revenait avec les souvenirs. La peur la submergeait. Il devenait temps que je lui dise. Pour nous remonter le moral. La veille, j'avais rencontré le juge et mon avocat. On m'accordait une remise de peine. Plus que trente jours à patienter.

– Maryse, ils veulent diminuer ma peine. Dans un mois, je suis libre.

En théorie, le règlement interdit les marques d'affection. Encore heureux qu'il n'y ait plus la vitre, enfin, je veux dire, pour les détenus légers. Ils nous laissent en face l'un de l'autre, à une table. Quand la visite s'achève et si, par chance, le matou rentre ses griffes, fait mine d'être distrait, on peut en un éclair se serrer et même se donner un bisou. Tout dépend de l'humeur du chat. Certains sont moins sauvages que d'autres et voilà qui explique pourquoi je voulais retenir la bonne nouvelle pour la fin de l'entretien. Il nous restait encore une minute avant de nous quitter. Maryse a réussi à sourire, s'est avancée. Nous nous sommes étreints, oh ! pas longtemps, deux ou trois secondes, guère plus. Le matou s'est mis à miauler. Maryse se renfrognait. Je ne parvenais pas à détacher mon regard du sien. Vite ! elle m'a déposé un baiser volé... sur le front. Moi, comme un benêt, sûr de ma taille, je tendais les lèvres. Je m'étais persuadé que nous étions à la même hauteur.

En la voyant s'éloigner, je constatai que j'avais encore oublié les talons. Comme sur la photo. Si un jour je lui offrais des chaussures, sans aucune hésitation, ce serait des plates... Se retournant une dernière fois, Maryse prononçait les mêmes mots de russe que le jour de l'irruption des truands à l'auberge. Fébrile, je les inscrivais dans ma mémoire. Regagnant lentement ma cellule, je les notai sur un bout de papier. Ce soir, j'écrirais à Germain, lui demanderais de traduire.

Après la douche et le dîner, comme je réintégrais ma chambre, je songeais : voilà ! tu vas bientôt avoir dix-neuf ans. Tu n'as plus de parents. Plus que Maryse et Germain. Juste deux cœurs de secours. La tristesse cédait la place à la mélancolie. Plus tard, ce soir-là, j'entrepris de leur rédiger une autre lettre. Comme si je m'échouais sur une île, naufragé, loin de tout, attendant que la terre se rapproche, que la marée s'en aille, refoulée dans les vagues par le vent. Je chérissais, je redoutais ce jour parmi les jours ainsi que tant de prisonniers qui, moins chanceux que moi, supportaient des peines plus lourdes. C'est vrai, on en a si bien rêvé qu'on craint la brusque incursion au-dehors. Dans la lumière. On se sent comme amputé, même si on sait où aller, comment refaire sa vie, redémarrer dans l'existence. Nous sentons au fond de nous cette rupture puisqu'on ne continue pas sa vie en prison ; on s'en absente. Cependant, on se découvre des réflexes, on hiberne dans sa survie de rechange et, soudain, on se réveille. Sortir pourrait constituer un geste simple. Physique. Hélas, on a devant soi un labyrinthe de rues ou, comme en montagne, une multitude de sentiers, raides, escarpés. Ce n'est pas facile de suivre le droit chemin qu'on nous conseille, il est si étroit.

Je connais une chanson où il est dit que « Le blues et le malheur se promènent main dans la main ». C'est si vrai que le jour où j'aurai un enfant, je lui chanterai :

Ma récolte est manquée, ooh, ooh !
Ce qui reste, je l'ai mis sur mon mulet
Le policier a dit, frappe-le encore
Frappe-le encor' une fois

Et c'est la prison
La prison pour toi.

Ce sacré mulet
Il a entendu
Et s'est assis
M'a regardé
Il a souri
Secoué la tête
S'est croisé les pattes

Que devais-je faire
Attendre – Attendre
Qu'il remue son derrière ?
Bon Dieu, j'me suis mis à tirer
Tirer, à tirer moi-même.

Je me suis endormi sur cet air. Cette chanson résumait toute ma vie.

Le 18 juin, Maryse, bronzée, presque noire, les cheveux rassemblés en chignon, est apparue en robe blanche au parloir. Le gardien l'a fouillée, ensuite, il ne l'a plus lâchée des yeux. Elle allait mieux. Je lui ai dit que j'apprenais le russe. « Le russe ? » – « Oui, enfin, un peu. » Avec Germain. Je venais de recevoir son courrier, il m'avait traduit : *y a nié ratchou viernoutsia vé Rossié.*

Elle riait, devenait nerveuse.

– À quoi bon ? Je parle si mal le français ?

– Non, non, il ne s'agit pas de ça. Je tente simplement de comprendre pourquoi tu ne veux plus retourner en Russie.

– On n'a guère de temps. Mais j'ai promis. Voilà ! je t'explique.

Elle a pris une longue inspiration.

– Je suis née dans une ferme de la taïga, à cinq cents kilomètres de Moscou, un village de maisonnettes en bois, entouré de palissades, au bord de la forêt. C'est ça la taïga. Imagine un pays de sapins, de mélèzes et de bouleaux. Six mois d'hiver. Des printemps de fou qui transforment les rues en ruisseaux de boue, des étés brûlants et trop courts.

– Pire qu'ici ?

– Oh oui. Ici, au moins, nous avons la lumière du ciel. Bref, en plus du climat, nous étions pauvres. Mes parents se sont privés pour m'envoyer à l'école. Mon père, paysan l'été, faisait le colporteur l'hiver. Il sculptait des objets en bois. Il apportait son artisanat à mon oncle, en ville. Ensuite, j'ai suivi des études supérieures. Une licence d'histoire de l'art.

– Et c'est ainsi que tu as appris l'anglais.

– Oui, un peu de français et aussi le piano. Après, j'ai travaillé. J'organisais les visites de touristes au musée historique de Moscou.

– Tu as vécu à Moscou ?

– Oui, un an environ. Alexandre, mon frère de trois ans mon cadet, m'a rejointe. Il voulait courir sa chance dans une grande ville. Nous habitions chez notre oncle...

Un temps.

– L'un des deux hommes que tu as... Enfin, tu comprends.

J'ai cru qu'elle allait pleurer. Non seulement je savais mais je ne pouvais oublier ce moment où tout avait, pour la seconde fois de ma vie, où tout avait basculé. L'oncle : c'était le plus petit, la peau mate à boucle d'oreille.

– Donc, quand leur avocat prétendait qu'il s'agissait de quelqu'un de ta famille, il n'inventait pas ?

– Non, je le connaissais depuis peu. Mon frère s'est vite laissé entraîner. Ils trempaient dans toutes sortes de trafics.

Elle se taisait, d'un coup, jetant un regard inquiet au gardien qui, carrément, écoutait son récit. Il n'en perdait pas une miette.

– Mon frère est mort peu de temps après, à la suite d'une bagarre dans un tripot.

– C'est quoi, un tripot ?

– Une salle de jeux. Alexandre devait une grosse somme à mon oncle qui m'a alors forcée à me prostituer. C'était en 1989. J'avais vingt-deux ans.

– Mais... et tes parents ?

– Ils n'ont pas voulu ni osé me croire. Je me suis enfuie avec les quelques économies que je possédais. J'ai pris un train, puis un deuxième et encore un autre, pour la France.

– Pourquoi la France ?

– C'est le pays des droits de l'homme. Sans rire, chez nous, on a juste encore le droit de se soûler. Pour en finir, j'ai erré sans papiers, survécu comme je pouvais. À Marseille. Puis à Paris. En 1990, je rencontrais ton père. Je ne m'appelais plus Martha. Je l'avais laissée sur le quai. J'étais devenue Maryse.

Je connaissais la suite. Pourtant, j'étais à nouveau arrêté. En suspens. Le temps passait. Je n'avais pas de montre mais le gardien examinait la sienne. Maryse a encore pu me dire :

– Ce n'est pas possible de revenir en Russie. Partout y règnent la misère, l'alcoolisme et la débrouille avec, en prime, toutes ces idioties racontées autour de la souffrance, la vodka, les icônes, le côté fataliste de l'âme slave... C'est un pays terrible qui n'accepte plus la différence de peau, de couleur ou de langue entre les gens de son peuple. C'est le pays du froid noir.

Ses mains s'ouvraient, se fermaient. Elle semblait découragée. Le gardien s'est interposé.

– Visite terminée.

Au revoir gentil cœur. Petit soleil qui rétrécit. À bientôt Maryse.

Au revoir.

15

Tout habillé sur mon lit, je peinais à dormir. Plus l'échéance de ma libération se précisait, plus mon moral baissait. Enfin, mes yeux se fermaient, mon esprit se troublait, les contours de ma cellule devenaient flous et je crois que je me suis mis à rêver. Comme si j'étais déjà dehors.

Tôt le matin, je prenais, à pied, le col de l'Homme Mort, par la départementale du col de Macuègne, puis celui de la Pigière pour gagner la montée, depuis le village, permettant d'atteindre notre première maison. C'était une longue marche. Il faisait froid.

Un ciel gris, lugubre, s'affaissait sous le poids des nuages outrés, gonflés de pluie. Je suivais la route de la désolation, de la tristesse. Une lente balade où je ne rencontrais âme qui vive tout au long de ce pèlerinage. Les arbres, les monts subissaient ce jour sans joie, réduits au rôle de figurants dans un film en noir et blanc. Je marchais, marchais comme un petit garçon trébuche et bégaie devant une langue inconnue. Aucun bruit, aucun oiseau, un jeu de l'oie sinistre avec, pour unique issue, en retour, la case départ. J'avançais. Peu à peu mon corps se réchauffait. Il me consolait du vide absolu de ce paysage en détresse. Seule ma tête engourdie résistait à cette sourde émotion. Un blues lancinant, amer, s'en emparait. C'était difficile à décrire et, tellement douloureuse pesait cette sensation physique de solitude, même si, vaille que vaille, je progressais à la rencontre de mon passé. Je me sentais seul, arrêté et orphelin, seul à jamais.

Je savais que ma mère ne serait pas au rendez-vous. À cette célébration du deuil. J'espérais seulement, comme dans ma chanson, que la rivière saurait... eh bien, non, la rivière ne l'avait pas retrouvée. Lorsque j'ai longé le précipice, le soleil délayait le teint gris du ciel dans du lait. Ma mère Blanche surgissait, assise sur un nuage blanc, diaphane et elle ne souriait ni ne chantait.

Elle ressemblait à un fantôme, un esprit de l'ombre, les mains blanchies, les os apparents, l'aspect cireux. Quelqu'un de cruel lui avait fait une blague en la délogeant du cercueil pour la percher sur un nuage. J'accélérais, forçais mon pas pour la dépasser. Mon père ne devait plus être très loin. Il s'est manifesté au-dessus du captage de la citerne communale. Comme je croisais un pin noir, courbé – on aurait dit un vieillard rassemblant ses forces –, il s'est dressé, dépenaillé, dans l'infinie solitude de ce territoire accablé. Mon père était ce pin qui ne sait où, dans la nuée, poser sa tête, et je marchais, déambulais, cheminais sans cesse et sans espoir, sur cette route de la désolation. Je luttais contre une force invisible, lorsque, en nage, je me suis réveillé brusquement. J'ai, sur ma couche froide et humide, compris que je déroulais des jours cousus, reliés à d'autres tristes et mornes journées – elles marchaient, elles aussi, sans trêve et sans but. Le chagrin les tricote mais le long manteau qu'ainsi il tisse ne me réchauffe pas. Au contraire, il m'étouffe. Il faut que je chasse ce rêve avant d'atteindre ma seconde maison, mon avenir, puisqu'à présent je m'éveille. Depuis un an que je m'effrite, je dois me ressaisir – comme on dit dans ce pays –, il y a trop longtemps que je fais sans faire, que je ressemble à un fossile, que je vis comme les pierres.

Aussi, je me suis débarbouillé, lavé, savonné, frotté jusqu'au sang. Puis j'ai chanté. Doucement d'abord. « Je suis un arbre, un rocher, un enfant des monts, des hauts magiques. Je suis le chant des nuages gris. Un chant qui les disperse, rattrape les oiseaux, les escorte et les réunit pour un autre lieu, un autre nid, une terre d'accueil. »

Tout à la crainte de voir les rochers, pêle-mêle entassés, s'écrouler sur ma nouvelle de... mort, nouvelle de-meure, la seule chance qu'il me reste : ce blues oppressant prend l'ampleur d'un cri.

Mais, pauvre de moi, je suis en prison, sans toit, ni foyer, juste entre des murs, claquemuré, inerte.

Enfin, je m'apaise. Ma mélopée meurt, ma voix s'abîme dans un dernier vertige, une complainte pour mes amis prisonniers, nos oreilles captives...

Je crie, je hurle de plus belle. Je ne suis plus un chant mais le chemin hagard et relégué des nuages blancs.

J'ai cru entendre le bruit mat des mains détenues tapant dans leurs geôles, des grognements puis une clameur qui allait s'amplifiant. Mon maton préféré : Michel, un ancien agriculteur désenchanté de la région du Champsaur, un matou aux cheveux blancs, m'a délivré du songe.

– Couturier, debout. Petit-déjeuner.

Je ne bougeais pas. Il s'est inquiété. En France, tous les trois jours, une personne se suicide, en prison. Je m'étais sans doute lavé avec l'eau salée des larmes car, devant mon visage tout mouillé, il a osé un geste. Il me touchait l'épaule.

– Courage, petit. Je sais, c'est dur. Plus qu'une semaine, c'est bientôt fini.

Michel était souvent désigné pour surveiller les détenus qui venaient à la bibliothèque ou affecté au bureau des pieds, chargé du relevé des empreintes. On parlait des fois. Du temps, des champs qu'il en avait eu marre de cultiver, d'une autre vie où, je crois, nous aurions pu être amis.

16

Mercredi 20 juin 2001. Ma dernière semaine de détenu, prévenu, incarcéré, arrêté, prisonnier. Ça y est, le compte à rebours a commencé. Demain, c'est l'été. Depuis dimanche, deux oiseaux viennent se pavaner sur le rebord de ma fenêtre. Elle donne sur un terrain vague et dénudé, très haut clôturé avec un poste de surveillance, un mirador, tous les trente mètres. Riton et moi, on les appelle les postes à grives. Les oiseaux : j'ai commencé à les apprivoiser. Je siffle, siffle régulièrement le même air. Matin et soir, je leur distribue des miettes de pain à travers les barreaux.

Vous n'allez pas me croire : ce ne sont pas des grives. Non, il s'agit encore d'un merle et d'une corneille. Ben, oui, sans doute des cousins éloignés. Peut-être que, comme la poisse, j'attire ce genre de volatiles ou est-ce la région qui veut ça ? Allez savoir, il y a bien des pays à corbeaux, des qui volent à l'envers, sur le dos, pour ne pas regarder la misère. Et puis la vie ne s'arrête pas, juste elle recommence. Certains disparaissent, d'autres les remplacent. En prison, c'est pareil. J'ai eu une idée. Riton, Jo et Sam, même Fred qui déteste le bricolage, m'ont aidé. En deux jours et à temps perdu, à l'aide de matériaux récupérés, entre le travail sur le combiné à l'atelier, sans oublier les séances d'assemblage de barreaux de chaises, nous avons construit une volière à deux places. Le plus dur à faire était de la dissimuler. On ne pouvait la laisser à la menuiserie, dans les cellules ; fallait pas y penser. Heureusement, nous avions un complice dans la place. Michel, premier surveillant, l'a transférée, via les paniers à linge, direct à la blanchisserie. Notre tour de lessive revenait le 24. Si tout allait bien, je sortais le même jour, avant midi. C'était jouable.

La seconde difficulté résidait dans le déplacement de la nourriture pour oiseaux sur les branches charpentières d'un marronnier, parmi la quarantaine d'autres spécimens coupés en brosse – court devant – ras derrière, dans la cour.

On avait choisi le plus proche des grilles de la porte de sortie. La promenade allait se terminer. On jouait au basket, moi, Riton et les autres potes de la bande. En sautant, Jo a lancé le ballon, posé serait plus exact, vu sa grande taille, et Riton m'a fait la courte échelle pour le récupérer. Nous savions que l'on nous observait. Parvenu à la fourche de l'arbre, dans un angle mort, j'ai ouvert ma chemise, sorti et vidé le sachet de croûtes de pain. J'ai repris le ballon, l'ai brandi pour que les matons, sur le qui-vive, ne se méprennent pas et sauté des épaules de Riton comme si de rien n'était. Je me suis mis à siffler. Un air de merle avec un petit couplet pour la corneille.

Le jeudi matin, j'inspectai mon arbre. Ça marchait. Les oiseaux suivaient. Ils avaient tout mangé.

Le soir, nous avons eu droit à un peu de détente. C'était la fête de la musique. Fred adorait passer des chansons de Django Reinhardt : *Vendredi treize, Les Yeux noirs, Oiseaux des îles...* et Riton et moi répétions depuis pas mal de temps. Nous voulions offrir aux copains un numéro de claquettes. Mon cadeau de départ. Ce soir-là, la représentation a eu lieu comme prévu. On a tous dansé, c'était très réussi et, une heure après, encore un peu de la joie du swing ramenait à pas lents les pieds des détenus dans leurs cachots. Riton, mon plus proche voisin, devant la porte, ému, m'a dit :

– Il est temps que tu partes, Mascotte ! on commence à se ramollir, ici. Avec toi, pour un peu, on trouverait la prison supportable.

J'ai souri. Cela ressemblait plus à un compliment qu'à un reproche. Sauf que Riton, Jo et Sam étaient mal à l'aise quand, dans la cour, nous bavardions. Ils reparlaient d'évasion. Se faire la belle devenait une obsession. Mais aussi, ils n'ignoraient pas qu'ici même, à Gap, deux détenus, braqueurs également, en 1988, s'étaient évadés. Les choses avaient mal tourné.

Ils m'avaient pris ma mère. Quant à mes collègues de maintenant, va savoir, j'aurais pu avoir envie de les dénoncer...

Le vendredi, nous avons redoublé d'ardeur. À l'heure de la promenade, le basket devenait le sport favori des taulards. Mes oiseaux, jusque-là, étaient fidèles au rendez-vous et au coup de sifflet. J'ai fait mes adieux aux prisonniers que je connaissais et embrassé mes amis. Leur ai promis d'écrire, des histoires, des poèmes, des chansons.

24 juin, dix heures.

Et voilà. À toi, Tristan. J'ai purgé ma peine. Un an. Aujourd'hui le petit soleil sort. C'est l'été. Je passe sous le marronnier.

J'ai mon sac de sport et la cage à deux pièces. Je siffle, siffle et resiffle. Personne. Au choix : ils sont muets ou bien ils m'observent.

Dans les carrées, c'est le bureau des pieds, le swing, les pieds-de-biche, des bruits-chocs de mains qui claquent, des pieds qui tapent, des riffs qui m'accompagnent – comme dans mon rêve –, un refrain qui passe sous les portes.

Les deux surveillants de garde, à l'entrée, je les connais. Ce ne sont pas les plus faciles. Le plus jeune s'interpose, agressif :

– C'est quoi, ce truc ?

– Une cage aux oiseaux.

– Pour quoi faire ?

– Pour faire revivre un cabaret.

Il se frappe la tempe.

– D'où tu la tiens ? Non mais, je rêve. Tu la laisses ici. C'est pas autorisé par le règlement.

– Calme-toi, intervient le plus vieux, un petit gros à moustache, qui connaît toute mon histoire. Il se met à rire. Mes pensées s'interrompent et mon cerveau s'endort. Je me sens juste encore capable de m'asseoir au pied d'un arbre pour le regarder pousser...

Ils rigolent de plus en plus, les matons. Ils miment le geste de passer l'aspirateur devant la maison d'arrêt. Ils font des drôles de bruits de bouche. Le jeune, surtout.

– T'oublie de débrancher l'appareil ; le temps que la poussière retombe, s'esclaffe le gros.

C'est Ferdinand, l'homme qui rit des autres et leur apporte des moutons de l'abattoir, qui a dû leur raconter.

Peu m'importe, il me reste Maryse, Germain et *Le Cabaret des Oiseaux*.

Je sors enfin. Je franchis la porte, suis au bord de la route, assis sur mon sac, la volière à mes pieds, ouverte, déployée. Le soleil m'aveugle. Je siffle, je ferme les yeux, je siffle.

Toujours pas d'oiseaux. Ni de Maryse. Le soleil s'en est allé. À la dérive. Des nuages s'invitent. Je vais encore attendre un peu avant de retourner en prison. C'est pas sûr qu'ils voudront me reprendre. Quand on veut s'échapper, on est enfermé et lorsqu'on est soudain libre, on se demande bien pourquoi.

Pourquoi le merle et la corneille ne rentrent pas dans ma cage à deux pièces. Pourquoi les mots traîtres se mélangent.

Pourquoi les yeux coulent à pic ou bien ils pleurent.

Menus hublots d'un petit soleil fondu au noir.

Pourquoi *Mayo Sertsié* ou mon cœur, en français.

Pourquoi ?

Parfois, les mots ne suffisent pas.

CATALOGUE

1. ROBERT BELLERET
   Les Bruyères de Bécon
2. VINCENT BOREL
   Baptiste
3. DIANE MEUR
   La Vie de Mardochée de Löwenfels, écrite par lui-même
4. AMMAR ABDULHAMID
   Dérèglements
5. NUALA O'FAOLAIN
   On s'est déjà vu quelque part ?
6. MARIA SAVINIO
   Aux côtés d'Alberto Savinio
7. RAJAE BENCHEMSI
   Marrakech, lumière d'exil
8. MICHÈLE LESBRE
   Boléro
9. ANN CHARNEY
   Dobryd
10. ISABELLE MILLER
    Le Syndrome de Stendhal

11. ANDRÉ BUCHER
Le Pays qui vient de loin

12. OSCAR VAN DEN BOOGAARD
Mort de l'amour

13. ZAHIA RAHMANI
Moze

14. SOPHIE BOURSAT
L'Eau et l'Huile

15. TAKIS THÉODOROPOULOS
Les Sept Vies des chats d'Athènes

16. ESTELLE LEMAÎTRE
Swiftitudes

17. NUALA O'FAOLAIN
Chimères

18. CHAHDORTT DJAVANN
Autoportrait de l'autre

19. SALVADOR DALÍ
Visages cachés

20. ROBERT BELLERET
Sixties

21. TUNUNA MERCADO
Mémoire argentine

22. ANN CHARNEY
Le Jardin de Rousseau

23. JEAN-LUC BIZIEN
Marie Joly

24. MICHÈLE LESBRE
Un certain Felloni

25. GÉRARD GUÉGAN
Inflammables

26. VINCENT BOREL
Mille regrets

27. ANDRÉ BUCHER
Le Cabaret des oiseaux

ACHEVÉ D'IMPRIMER
EN OCTOBRE 2004
SUR LES PRESSES
DE
L'IMPRIMERIE F. PAILLART
À ABBEVILLE
POUR LE COMPTE
DE SABINE WESPIESER ÉDITEUR

IMPRIMÉ EN FRANCE

NUMÉRO D'ÉDITEUR : 27
ISBN : 2-84805-026-8
DÉPÔT LÉGAL : AOÛT 2004